O Mistério da Montanha Azul

Marlene Maria Czamanski

O Mistério da Montanha Azul

MADRAS

© 2018, Madras Editora Ltda.

Editor:
Wagner Veneziani Costa

Produção e Capa:
Equipe Técnica Madras

Revisão:
Silvia Massimini Felix
Jerônimo Feitosa

Dados Internacionais de Catalogação na Publicação (CIP)
(Câmara Brasileira do Livro, SP, Brasil)

Czamanski, Marlene Maria
O mistério da montanha azul/Marlene Maria Czamanski. – São Paulo: Madras, 2018.

ISBN 978-85-370-1116-4

1. Romance brasileiro I. Título.

18-12163   CDD-869.3

Índices para catálogo sistemático:
1. Romances: Literatura brasileira 869.3

É proibida a reprodução total ou parcial desta obra, de qualquer forma ou por qualquer meio eletrônico, mecânico, inclusive por meio de processos xerográficos, incluindo ainda o uso da internet, sem a permissão expressa da Madras Editora, na pessoa de seu editor (Lei nº 9.610, de 19/2/1998).

Todos os direitos desta edição reservados pela

MADRAS EDITORA LTDA.
Rua Paulo Gonçalves, 88 – Santana
CEP: 02403-020 – São Paulo/SP
Caixa Postal: 12183 – CEP: 02013-970
Tel.: (11) 2281-5555 – Fax: (11) 2959-3090
www.madras.com.br

Há corações de gelo precisando de calor;
Há correntes que precisam ser quebradas;
Há temores que precisam ser vencidos;
Há o equilíbrio a ser restabelecido.

Só então o segredo terá sido descoberto;
Só então o mistério terá sido esclarecido;
Só então lá estará bem diante de seus olhos...
Será apenas de tempo uma questão,
Se puder ouvir a voz do seu coração...

Agradecimentos

Minha eterna gratidão às Forças Superiores que me ajudam a todo momento; aos meus irmãos, em especial a minha irmã Raquel T. Czamanski, que sempre acreditou em mim e tornou possível a realização deste sonho; a minha irmã Isabel C. Czamanski Rota, que sempre esteve presente na minha vida; e aos meus pais, Bolivar Czamanski e Noemia Czamanski (*in memoriam*), que me criaram e deram asas.

Dedico este livro com gratidão a minha filha Daniella Czamanski Pizzino e ao meu filho Raphael Czamanski Pizzino, que sempre me apoiaram e estiveram perto de mim.

Agradeço a Helena Dias, minha nora; José Carlos Pizzino, pai dos meus filhos; Lourdes, Bete e Daisy Nogueira, pessoas especiais em minha vida e aos amigos que me incentivaram e inspiraram, os quais não citarei nomes mas guardo com carinho em meu coração. Agradeço a toda equipe editorial que trabalhou com afinco para que este sonho se tornasse realidade.

Índice

Prefácio 11
1 – A Reunião 13
2 – Saint Louis 23
3 – A Cachoeira 33
4 – A Tempestade de Neve 41
5 – No Cume da Montanha 45
6 – O Pequenino e a Fonte do Saber 57
7 – A Fuga do Reino de Glérb 79
8 – A Cidade do Ouro 115
9 – A Floresta Sagrada 121
10 – As Amazonas 139

Prefácio

O caminho começa antes de o percebermos, e a aventura está no olhar de quem a vive. Como explicar o caminho que me trouxe até este momento, do prefácio de um livro, escrito por alguém tão amada e que conheço desde a infância, mas que ao longo dos anos, tornou-se uma amizade que viveu longos hiatos e, em momentos decisivos, surgia em ótimos reencontros? Acredito que seja a vida mostrando que, entre escolhas e imprevistos, sempre acabamos atraídos para o que nos fortalece: estar com pessoas com os mesmo sonhos.

Entre vidas tão diferentes, os desejos em comum sempre foram os de ver o mundo se alimentando de bons sentimentos, de acreditar que os sonhos se realizam e de que todo dia é dia de decifrarmos mistérios que nos abrem portas. E assim a Marlene pôs a mão na massa para nos apresentar *O Mistério da Montanha Azul*, livro que tive a honra de ser uma das primeiras a conhecer e que me encantou com sua mensagem, voltada para todos – não importa idade, sexo, nada: é para todos, mas felizes os que se alinham à energia de paz.

O que pode nos intrigar e levar a uma busca pode render bem mais do que uma aventura: pode nos levar a uma nova forma de pensar e de viver. Então, permitam-se desvendar o mistério da montanha mais alta, que só veio à tona por causa daqueles que acreditaram que poderiam buscar respostas.

Bete Nogueira, novembro de 2017

A Reunião

Tudo começou quando, em uma bela manhã, Luna terminava de tomar o café da manhã e o telefone tocou:

– Alô? Srta. Luna Lumiére? Aqui é Sally, secretária do sr. Morgan Duncan, da Editora Duncan Ltda. O sr. Duncan a convida para uma reunião em nosso escritório. É assunto de seu interesse.

– Como queira. Quando será a reunião?

– Amanhã às 16 horas, se for da sua conveniência.

– Está bem. Diga ao sr. Duncan que estarei lá. Obrigada, Sally. Até amanhã!

Luna desligou o telefone e ficou pensando: "O que será que o sr. Duncan quer comigo? Com certeza já soube que comecei a escrever um novo livro. Bem, terei que esperar até amanhã para saber".

No dia seguinte, Luna pegou o carro e foi até o escritório do sr. Duncan, na hora marcada. O sr. Duncan era o editor de seus livros. O escritório dele ficava na rua principal do centro da cidade. Entrou no prédio grande e luxuoso, tomou o elevador e subiu ao décimo andar, onde a secretária sorridente a recebeu:

– Boa tarde, srta. Lumiére!

Luna respondeu amavelmente:

– Boa tarde! Como vai, Sally?

– Vou bem, obrigada.

A secretária murmurou algumas palavras no telefone interno. Em seguida a conduziu por um longo corredor até uma porta que ela abriu. Era uma antessala e, sentado em um sofá de couro, um rapaz moreno e bonito levantou-se imediatamente ao vê-la entrar. Exclamou, surpreso:

– Luna!

Ela, tão surpresa quanto ele, falou:

– Leon, há quanto tempo! O que faz por aqui?

– Fui convidado para uma reunião com o sr. Duncan. Sei que ele é seu editor, mas não esperava encontrá-la aqui. Que surpresa agradável!

Luna cumprimentou-o com um beijo em cada face e disse:

– Eu também tenho uma reunião com o sr. Duncan. Como vai você?

– Estou bem, e vejo que você está cada vez mais linda.

– Obrigada. Não me diga que está escrevendo livros também?

– Não, infelizmente não possuo esse dom. Na realidade, não sei ao certo do que se trata. Disseram-me apenas que era assunto do meu interesse.

Leon estava intrigado com o convite recebido para a tal reunião.

– Luna, procurei-a várias vezes, mas disseram-me que estava viajando.

– É verdade, estive fora fazendo algumas conferências sobre meu último livro. Cheguei há poucos dias.

– Parabéns pelo seu sucesso! Li seu livro e o achei sensacional.

Leon estava sendo sincero.

– Obrigada – respondeu Luna, lisonjeada.

– Guardei com carinho o livro que você autografou para mim naquela noite. Aliás, preciso agradecer ao Laurence e ao Stephan, pois foram eles que me convidaram para ir ao lançamento do seu livro, onde tive o prazer de conhecê-la pessoalmente.

Nesse instante, a porta da sala de reuniões se abriu e o sr. Duncan apareceu. Sempre altivo e impecavelmente vestido. Cumprimentou-os e os convidou a entrar. Indicou seus lugares na grande mesa oval e falou:

– Queiram sentar-se, por favor.

Em seguida, chamou a secretária pelo telefone interno:

– Srta. Sally, por favor, traga-nos água e café, obrigado.

Sentou-se à cabeceira da mesa e falou com sua voz grave:

– Meus caros, o objetivo dessa reunião é saber de seu interesse e das possibilidades de execução de um projeto que eu estou estudando.

Fez uma ligeira pausa e continuou:

– Existe uma cadeia de montanhas situada ao sul de Fireland, em uma região chamada Alphaville. Há alguns anos vêm acontecendo misteriosos desaparecimentos de alpinistas que se aventuram a escalar a Montanha Azul, a mais alta da cadeia e que deu origem ao nome. Suas encostas são muito íngremes, mas a beleza do lugar atrai alpinistas de todas as partes do mundo. Até hoje ninguém conseguiu chegar ao cume dessa montanha. Continua sendo um desafio, e aqueles que ousaram desafiar a montanha desapareceram inexplicavelmente. Curiosamente, a cada desaparecimento ocorre um fenômeno estranho: um clarão é observado no topo da montanha.

Nesse instante, a secretária entrou na sala, trazendo uma bandeja com a água e o café. Depositou a bandeja sobre a mesa e serviu o café.

O sr. Duncan falou à secretária:

– Srta. Sally, ligue para Loren e Laurence e peça que subam aqui, trazendo o material que lhes pedi.

– Pois não, senhor, com licença.

A secretária se retirou e o sr. Duncan bebeu seu café e tornou a falar:

– Como estava dizendo, um estranho fenômeno é observado por ocasião dos desaparecimentos. Um intenso clarão foi relatado pelos companheiros dos desaparecidos. Os habitantes de Saint Louis, uma pequena aldeia que fica no sopé da Montanha Azul, também observaram o mesmo fenômeno.

Luna ouvia curiosa e Leon atento, parecia perturbado com o que o sr. Duncan dizia.

Ele prosseguiu:

– Irving Lambert ousou desafiar a montanha e desapareceu. Então Ruddy Jackson resolveu descobrir o misterioso desaparecimento do amigo e teve o mesmo destino.

O sr. Duncan voltou-se para Leon:

– Ruddy era seu amigo, não?

– É verdade. E eu gostaria muito de saber o que aconteceu com ele de fato. Ninguém desaparece assim.

– Esse é justamente um dos motivos que me levou a convidá-lo para essa reunião, Leon.

O sr. Duncan fez outra pequena pausa e continuou:

– Além desses que citei, houve outros desaparecimentos ocorridos há mais tempo. Há várias hipóteses para explicar o mistério.

Entre elas, destaco duas que têm sido amplamente comentadas pela imprensa: Ruddy simplesmente teria caído em alguma fenda e morrido, daí não encontrarem o corpo. A outra hipótese refere-se aos clarões observados: há quem diga que possa existir um vulcão na montanha e que estaria em atividade. As autoridades de St. Louis e das aldeias próximas estão em estado de alerta. Como ninguém tem certeza de nada, fica a dúvida e o medo dos aldeões. Alguns deles falam até em fenômenos sobrenaturais. Há uma necessidade urgente de se esclarecer o mistério. Para nós, o mistério da Montanha Azul é uma oportunidade de conseguirmos excelente matéria para a nossa revista e de talvez lançarmos um livro a respeito. Por isso estou estudando a possibilidade de enviar uma expedição a fim de esclarecer esse mistério. Para isso, fiz alguns contatos e posso contar com o auxílio das autoridades locais e de um grupo de pesquisadores da Universidade Federal de Alphaville. Logicamente sou eu quem vai patrocinar a expedição; por isso, quero estar à frente de tudo.

Nesse momento, entraram na sala Loren e Laurence, funcionários da editora, trazendo o material solicitado. Não houve necessidade de apresentações, pois todos se conheciam. Inclusive tinha sido Laurence quem sugeriu ao sr. Duncan o nome de Leon.

Depois dos cumprimentos, tomaram seus lugares e recomeçou a reunião. Loren trouxe jornais e revistas com reportagens sobre os desaparecimentos. Expôs tudo o que sabia a respeito através de uma pesquisa feita por ela. Laurence exibiu todo o material fotográfico que dispunha sobre as Montanhas Azuis. O sr. Duncan apontou, em um mapa aberto sobre a mesa, a localização exata da cadeia de montanhas.

Então pigarreou e falou:

– Bem, meus caros. É isso. Já foi tudo exposto. Agora quero saber a opinião de vocês.

Dirigiu-se a Luna:

– Luna, quero saber se está disposta a participar da expedição e registrar toda a viagem em um diário para nós. Como excelente escritora, fará isso muito bem. Depois talvez possamos transformar essas anotações em um livro.

Antes que Luna respondesse qualquer coisa, dirigiu-se a Leon:

– Leon, estaria disposto a liderar a expedição? Sei que é um exímio alpinista e, com sua experiência nesse tipo de aventura, é a pessoa ideal. Além de ter uma motivação pessoal, pois sei que era grande amigo de Ruddy e com certeza gostaria de ver esclarecido seu desaparecimento.

Fez uma pausa enquanto examinava o rosto de ambos, procurando descobrir a reação ao que acabara de lhes propor. Então acrescentou:

– Não precisam me responder agora. Quero que vocês pensem bem e amanhã me liguem, comunicando sua decisão. Em caso positivo, teremos uma nova reunião com a participação dos demais integrantes do grupo que farão parte da expedição. Adianto desde já que serão muito bem remunerados e que terão todo o apoio necessário.

E assim terminou a reunião.

Leon convidou Luna, Laurence e Loren para jantar. Durante o jantar conversariam sobre a proposta do sr. Duncan. Foram a um restaurantezinho acolhedor e, depois do jantar, a conversa girou em torno do assunto da expedição à Montanha Azul. Loren e Laurence estavam muito entusiasmados com a ideia de participarem da expedição. Loren era jornalista e Laurence era fotógrafo da revista publicada pela Editora Duncan. Para eles seria uma excelente oportunidade profissional e aceitaram de pronto o convite do sr. Duncan. Luna disse que gostaria de pensar um pouco a respeito antes de tomar uma decisão definitiva, pois estava escrevendo um novo livro. Leon gostou da ideia, mas preocupava-se com a parte prática. Sabia por experiência própria das dificuldades que esse tipo de empreendimento apresenta. A escalada seria extremamente difícil e perigosa, sendo necessário que os participantes da expedição fossem alpinistas ou que ao menos tivessem alguma experiência. Laurence falou:

– Quanto a isso, não se preocupe, pois todos os pesquisadores convidados foram indicados por terem em comum o alpinismo por hobby, além de suas qualificações profissionais. São pessoas excelentes. Eu conheço alguns pessoalmente graças a um trabalho que realizei para a revista, na universidade onde trabalha a maioria deles. Loren também os conhece, pois trabalhávamos juntos naquela reportagem. Em nossas folgas costumávamos praticar o alpinismo nas montanhas da região em companhia deles.

Leon falou:

– Fico mais tranquilo.

Voltou-se para Luna e perguntou:

– E você, Luna?

– Bem, eu não tenho experiência, mas se você me der algumas aulas, acho que posso me sair bem. Eu aprendo depressa.

Leon falou novamente:

– Ótimo! Tenho certeza de que com algum treinamento não teremos problemas. De qualquer forma, precisaremos nos preparar adequadamente, se resolvermos aceitar esse desafio.

A conversa prolongou-se, pois o assunto interessava muito a todos. Finalmente, despediram-se e foram embora. Combinaram de se comunicar no dia seguinte a respeito da decisão final de cada um.

Deitada em sua cama, Luna pensava:

"E por que não? Será uma grande aventura, com certeza me dará ideias para escrever outro livro, fora o trabalho para a editora. Haverá mais publicidade em torno do meu nome (se bem conheço o sr. Duncan, ele vai explorar este assunto ao máximo), isso sem falar no dinheiro que poderei ganhar. Mas o melhor de tudo é que poderei passar muito tempo ao lado de Leon..."

Luna não parara de pensar em Leon desde que o conhecera há uns dois meses, naquela noite de autógrafos, quando lançava seu último livro. Leon lhe foi apresentado por Laurence e Stephan, amigos comuns a ambos. E pelo que percebera nesse segundo encontro, ele não lhe era indiferente, muito pelo contrário... Decidira-se. Amanhã ligaria para o sr. Duncan comunicando sua decisão de ir à expedição. O livro que estava escrevendo poderia esperar até sua volta. Assim decidida, finalmente adormeceu.

Uma nova reunião foi marcada. Nela seriam apresentados todos os que participariam da expedição.

Quando todos chegaram à sala de reuniões, o sr. Duncan apresentou um a um, embora a maioria já se conhecesse:

– Quero que conheçam Leon d'Marchand, 30 anos, é físico e trabalha atualmente em pesquisas na Universidade da Califórnia. Leon trabalhava com Ruddy Jackson, o alpinista desaparecido recentemente, do qual era grande amigo. É um exímio alpinista e muito experiente nesse tipo de jornada, por isso o escolhi para ser o líder do grupo.

Aproximou-se de Luna e disse:

– Esta é Luna Lumiére, 28 anos, notável escritora que, creio eu, todos conheçam. Nossa editora é quem publica seus livros que são sempre um grande sucesso. Luna será responsável pelo registro da viagem, o qual será depois transformado em um livro que publicaremos mais tarde. Além de escritora, é formada em jornalismo.

Então se dirigiu a Loren:

– Loren Davis, 25 anos, jornalista e repórter da nossa revista, é a responsável pela área de pesquisas também. Ela coletará dados para uma grande reportagem sobre a Montanha Azul, cujo título, espero, seja: "Fim do Mistério".

E prosseguiu, indicando Laurence:

– Este é Laurence Olivier Hart, 29 anos, nosso melhor fotógrafo, que todos conhecem. Foi através dele que chegamos a esse grupo que agora estamos formando. Laurence, com sua arte, é o autor das belíssimas fotos que ilustram nossa revista. Seu papel nesta expedição será de registrar tudo através de suas lentes.

Foi até onde estava Louise e falou:

– Esta é Louise Berger, 27 anos, geóloga, especialista em vulcões, dá aulas na Universidade de Alphaville.

E referindo-se a Jenniffer, que estava sentada ao lado de Louise, disse:

– Esta é Jenniffer Cristal, 26 anos, também geóloga e pesquisadora da universidade. Trabalha com Louise. As duas farão um estudo sobre a montanha e esclarecerão a hipótese do vulcão.

Voltou-se para George e disse:

– Este é George Guilton, 30 anos, médico clínico do Hospital das Clínicas e professor de Fisiologia na Universidade de Alphaville. Exercerá a função de médico do grupo e os orientará sobre os problemas decorrentes de altas altitudes e baixas temperaturas que vocês terão de enfrentar.

Em seguida foi a vez de William. O sr. Duncan apresentou-o:

– Este é William Stevenson, 29 anos, engenheiro e físico, professor de Física Aplicada, na mesma universidade. Fará pesquisas na região.

Aproximou-se de Roger e Elise e continuou:

– Estes são Roger Sain't Claire, 30 anos, biólogo, especializado em Botânica, e esta é Elise Sain't Claire, 29 anos, esposa de Roger, também bióloga e especialista em Entomologia. Os dois farão pesquisas, cada qual na sua área.

E dirigindo-se a Stephan, falou:

– Este é Stephan Power, 32 anos, arqueólogo, antropólogo, também professor e pesquisador da universidade.

Finalmente, voltou-se para Julian:

– E por fim, Julian Kelvin, 29 anos, psicólogo, sociólogo e filósofo.

Deu um pigarro e continuou:

– Stephan e Julian também irão desenvolver suas pesquisas.

Fez uma pequena pausa e prosseguiu:

– Como vocês podem ver, o interesse não é só da nossa editora, também a universidade tem interesse nessa expedição e para isso nos cedeu seus pesquisadores. Contamos, ainda, com alguns patrocinadores, pois eles sabem que haverá bastante publicidade em torno da expedição. O mistério da Montanha Azul tem gerado muita especulação por parte da imprensa. Além disso, poderemos contar com o auxílio das autoridades de Alphaville e das autoridades locais, uma vez que é interesse de todos que se esclareça o mistério.

Seguiram-se outras reuniões onde foram acertados todos os detalhes. Houve treinamento do pessoal e teste dos equipamentos.

Depois de tudo terminado, restava marcar a data da viagem. Fizeram uma última reunião com o sr. Duncan e marcaram a viagem para dali a dois dias. As passagens de avião para Alphaville seriam compradas no dia seguinte. A secretária foi encarregada de tratar disso. De Alphaville, três furgões os transportariam até a aldeia de St. Louis. Em St. Louis, um confortável chalé estava sendo preparado para recebê-los. Lá ficaria a equipe de apoio, com telefone, computador e rádio. Uma equipe responsável pelas comunicações deveria permanecer sempre em alerta e em contato com o grupo pelo rádio durante a escalada.

Todas as informações seriam passadas ao sr. Duncan, em seu escritório em Yalo. O sr. Bóris Grant, a maior autoridade da aldeia, ficaria fixo no chalé à espera de notícias. Além da equipe de comunicações, outra equipe formada por um médico e duas enfermeiras estaria de prontidão. Um helicóptero também ficaria à disposição para qualquer eventualidade, em um heliporto improvisado na aldeia. O sr. Duncan pensara em tudo.

Terminada a última reunião, o grupo decidiu fazer uma confraternização indo a um bom restaurante. A ideia era aumentar o entrosamento entre o grupo que ficara abalado com a entrada em cena de três novos personagens, no meio do treinamento. A maioria já se conhecia bem e o resultado da integração do grupo nos primeiros encontros foi bastante satisfatório. Mas com a entrada de Allan Duncan, filho do sr. Duncan, vice-presidente e único herdeiro da Editora Duncan Ltda.; de Karen Turner, modelo internacional e namorada de Allan; e de Estevão San Martin, herdeiro das indústrias San Martin, sócio de Allan em uma agência de carros importados e seu amigo pessoal, começaram a surgir divergências. Allan deixou bem claro que era ele o líder, por causa de sua posição. Karen era muito bonita, porém era fútil e exibicionista e logo entrou em atrito com as outras garotas do grupo. Estevão, frio e calculista, semeava a discórdia entre o grupo. Leon estava preocupado com o destino da expedição. Conversou em particular com Julian, o psicólogo do grupo, e chegaram à conclusão de que seria necessário um trabalho paralelo ao treinamento físico para terem condições de dar continuidade ao Projeto Montanha Azul. Resolveram também levar o problema ao conhecimento do sr. Duncan. Este, cujo único objetivo era o sucesso do projeto, ouviu tudo com atenção e disse que teria uma conversa séria com seu filho. A liderança da expedição seria de Leon, pois era o único capacitado para tal, mas, quanto à participação de Karen e Estevão, ele não poderia impedir. Leon precisou se armar de muita paciência e agir com diplomacia para contornar a situação. Ele também não gostou nem um pouco de ter esses três na expedição, mas enfim, o sr. Duncan é quem mandava e Allan era filho dele. Não podia fazer nada, mas pressentia que ainda haveria de ter aborrecimentos por causa do trio. Julian fez um bom trabalho com o grupo e conseguiu amenizar o clima desagradável que havia se instalado.

O dia seguinte foi dedicado a verificar e arrumar toda a bagagem. À tarde, despediram-se e foram se preparar e descansar para a viagem. Deveriam se encontrar no aeroporto às 8 horas.

Às 9 horas em ponto, o avião decolava rumo a Alphaville. A bordo, um grupo de jovens aventureiros, cheios de vida e esperança ia ao encontro de seu destino. No rosto de cada um havia o brilho que só existe em quem é jovem, que sabe o que quer e pensa que pode tudo, não importa a idade que tenha.

Loren cochichou ao ouvido de Louise:

– Não acredito! Você viu como a Karen está vestida? Pensei que fôssemos a uma expedição e parece que ela vai a uma grande festa. Ainda não entendi por que essa perua veio junto.

Louise respondeu:

– Loren, deixe-a em paz. Cada um na sua. Ela sabe que haverá repórteres no aeroporto de Alphaville, querendo saber sobre a expedição e naturalmente quer estar glamorosa. Só espero que ela não pretenda levar toda a bagagem que trouxe montanha acima.

E riram.

Às 21 horas, o avião aterrissou no aeroporto de Alphaville. Várias pessoas os esperavam. Entre elas, Richard Morrison, o coordenador do projeto, que estaria à frente de tudo na base em St. Louis. Alguns repórteres se aproximaram e Allan, representando a editora, deu entrevistas, sempre com Karen a tiracolo distribuindo sorrisos ensaiados. Em seguida, colocaram as bagagens nos furgões, acomodaram-se e partiram em direção a St. Louis.

Saint Louis

Após 12 horas de voo, estavam todos cansados e ainda teriam de enfrentar mais três horas de estrada, subindo a serra até a aldeia de St. Louis, no sopé da Montanha Azul.

A noite estava fria e nuvens encobriam as estrelas. O sr. Morrison informou-lhes que o tempo estava mudando e que teriam chuva no dia seguinte, provavelmente. Naquela região, eram comuns as mudanças repentinas do tempo. A escalada teria início assim que o tempo voltasse a se firmar.

Depois de uma curva mais fechada, avistaram as primeiras luzes da aldeia. Brilhavam pequenos pontos de luz como se fossem estrelas no meio da escuridão da noite.

St. Louis era uma aldeia pequena que vivia da agricultura e da criação de ovelhas. Situada em um belo vale ao sopé da Montanha Azul, a principal e mais alta montanha da cadeia. Era cercada de bosques de pinheiros e mais ao longe viam-se imensas florestas a se perder no horizonte. Das montanhas descia uma cachoeira que formava o Rio das Pedras. Esse rio cortava a aldeia de ponta a ponta. A aldeia consistia de uma igreja, algumas casas comerciais e um punhado de casas ao redor. As casas eram no estilo chalé, simples mas muito bonitas. Havia uma praça em frente à igreja, rodeada por um jardim florido, com bancos brancos e uma bela fonte no meio. Na fonte jorrava água pura e cristalina vinda da cachoeira através de canos subterrâneos.

A estrada era sinuosa e subia cada vez mais. De vez em quando, passavam próximos à beira de precipícios. Em mais alguns minutos, a caravana de furgões chegou à aldeia. Passava da uma hora da madrugada quando contornaram a praça deserta àquela hora. Uma neblina dava um ar de mistério ao lugar. Pararam em frente a um chalé bem grande, de cuja chaminé saía uma fumaça branca e de cujas janelas podiam-se ver as luzes acesas.

Foram recepcionados pela equipe de apoio. O sr. Morrison fez as apresentações:

– Este é Charles, encarregado das comunicações; John, operador de rádio; Dr. Still, médico; Kate e Susan, enfermeiras; Jack, piloto do helicóptero; Mary, cozinheira; e Judy, arrumadeira.

Após as apresentações, fizeram uma refeição preparada por Mary, a cozinheira. Havia sopa de legumes, carneiro assado, pão fresco e um bom vinho.

Conversaram um pouco e em seguida foram para seus quartos. Precisavam tomar banho e dormir, pois estavam cansados da longa viagem. Luna, Loren, Louise e Jenniffer ficaram em um quarto. Roger e Elise que eram casados ficaram em outro, Allan e Karen ficaram no melhor quarto do chalé e o restante dos rapazes – Leon, Laurence, Stephan, Estevão, George, William e Julian – teve que se acomodar nos dois quartos restantes. O pessoal da equipe de apoio foi acomodar-se em uma hospedaria, do outro lado da praça. Ficariam lá até a expedição partir, quando então voltariam a ocupar o chalé. Só Mary, a cozinheira, e Judy, a arrumadeira, permaneceram no chalé, em um quarto destinado aos empregados nos fundos do chalé.

O dia amanheceu. Luna acordou, levantou-se enrolada no cobertor de lã e foi até a janela. Afastou as cortinas brancas de renda e abriu uma parte da vidraça. Sentiu o ar frio da manhã em seu rosto. Arrepiou-se. Ajeitou o cobertor em volta dos ombros e aspirou aquele ar puro da montanha. "Que maravilha!", pensou. Diante dela, a imponência das montanhas ao fundo. E os imensos bosques de pinheiros eram vistos para qualquer lado que se olhasse. Pena o tempo não estar bom. Grandes nuvens negras anunciavam chuva para logo. O vento começou a soprar mais forte e Luna fechou a janela. Estava frio. As outras garotas dormiam. Era cedo ainda. Luna vestiu-se, colocou um suéter branco por cima e, terminando de se arrumar, desceu. Os quartos ficavam no andar de cima do chalé. Ainda na escada, ela já sentia o cheiro delicioso de café e de pão assando no forno. Foi à cozinha, cumprimentou a cozinheira, bebeu água e depois um delicioso cafezinho oferecido por Mary. Ela disse a Luna que dali a meia-hora o café seria servido.

Luna foi para a sala e encontrou Leon sentado em uma poltrona de couro em frente à lareira acesa, estudando atentamente um mapa.

– Bom dia, Leon.

Leon levantou os olhos do mapa e, sorrindo, retribuiu o cumprimento.

– Já acordada? Não quis descansar mais um pouco? Ainda é cedo.

– Eu tenho por hábito acordar cedo, assim se aproveita melhor o dia.

– Eu também penso assim.

Ficaram conversando até que Mary veio anunciar que o café estava servido na copa. Os dois tomaram café juntos. Leon disse:

– Há quanto tempo não tomo um café da manhã tão delicioso e em tão boa companhia.

Luna sorriu. Estava feliz por ter vindo.

Nesse instante, chegaram: Loren, Laurence, Louise, Stephan, Jenniffer, Estevão e Julian.

Leon exclamou:

– Ora vejam! Chegou a turma. Bom dia pessoal!

Leon e Luna saíram da mesa, deixando o lugar para os outros, pois já tinham terminado de tomar café. Foram para a sala. Estavam examinando o mapa quando a porta da frente se abriu e entraram Roger e Elise. Luna surpreendeu-se:

– Pensei que vocês estivessem dormindo ainda.

Roger respondeu:

– Eu e Elise acordamos sempre muito cedo. Nós queríamos aproveitar para dar uma volta pelas redondezas. Não tarda a chover e está ventando muito lá fora.

Elise continuou:

– Nós andamos um bocado. Fomos até a cachoeira. É uma beleza! Pena estar tão frio lá fora.

Tiraram os casacos pesados e chegaram perto da lareira. A lenha queimava crepitando. Satisfeitos, aqueceram as mãos perto do fogo.

Luna falou:

– Não estão com fome? O café já está servido na copa. E por sinal, está uma delícia.

Elise respondeu:

– Se estamos com fome? E como!

E saíram da sala de braços dados. Um pouco depois, os outros já voltavam do café.

Reuniram-se na sala.

Leon falou:

–Não há outro jeito. Precisamos esperar que o tempo melhore. Nesse meio-tempo eu sugiro que a gente repasse todas as instruções, faça uma nova verificação da bagagem que levaremos e que se aproveite para descansar o máximo possível.

Continuaram a conversar esperando que o resto do grupo se reunisse a eles para começar a repassar as instruções. Roger e Elise juntaram-se a eles. Por último apareceram Allan e Karen. Ela elegantemente vestida como sempre. Loren se irritava com o ar de superioridade que Karen lançava a todos e cochichou para Louise:

– Isso são horas? Vai ver estão pensando que estão de férias em algum hotel nas montanhas. E olha só a perua...

Louise censurou-lhe:

– Loren, não seja implicante.

Então Leon começou a repassar as instruções.

Stephan perguntou a Leon quando este mostrava algo no mapa:

– Só há este caminho?

Leon respondeu:

– Não sei. Mas esse foi o caminho que Ruddy e seus companheiros fizeram. Precisamos seguir por ele se quisermos descobrir o que aconteceu.

Estevão insinuou:

– Imagino que você deve saber mais alguma coisa a esse respeito, afinal Ruddy era seu amigo, não é?

Leon percebeu o tom de insinuação em sua voz. Olhou-o e seus olhos tinham um brilho estranho. Pensou:

"Há algo de estranho com esse cara, não sei o que é, mas vou descobrir."

Leon começou a contar tudo o que sabia a respeito do desaparecimento de Ruddy, mas interrompeu-se. Vacilava em contar, talvez fosse imprudente falar naquilo em tal momento e mudou o rumo da conversa, deixando Estevão ainda mais desconfiado. Estevão não lhe inspirava confiança; Allan e Karen também não. Leon levantou-se e foi até a janela. Olhou por um momento e disse:

– Começou a chover.

Ouvia-se o barulho dos pingos grossos no telhado. Luna aproximou-se da janela. A água escorria pelas vidraças e mal se podia ver lá fora. Ela podia sentir a proximidade de Leon e isso a perturbava.

Luna falou para tentar controlar o que sentia:

– Leon, percebi que você queria dizer algo mais do que disse.

Leon olhou-a nos olhos e disse:

– É verdade, mas aqueles três não me inspiram confiança, especialmente o Estevão. Não sei, mas há algo nele que eu não gosto nenhum pouco.

Luna concordou com Leon. Ela também tinha essa impressão. Falavam em voz baixa para não serem ouvidos pelos demais.

– Você tem razão. Eu também sinto a mesma coisa em relação a eles. Em todo caso, imagino que você saiba de mais alguma coisa sobre o desaparecimento de Ruddy. Pode me contar?

– Contarei, mas ainda não é o momento.

Então Loren e Laurence aproximaram-se e Leon mudou de assunto.

Laurence falou:

– É, meu amigo, acho que vamos descansar mais do que prevíamos. Essa chuva não está com cara de parar tão cedo.

Loren convidou:

– Que tal jogarmos uma partida de pôquer?

Os quatro foram a uma mesa em um canto da sala e jogaram cartas.

Depois do almoço, tiveram uma reunião com toda a equipe de apoio para que pudessem acertar cada detalhe. Pelo meio da tarde, a chuva diminuiu um pouco e o pessoal da equipe de apoio voltou para a hospedaria, no outro lado da praça. Resolveram aproveitar para descansar um pouco. Enquanto as garotas dormiam, Luna foi à janela e ficou olhando a chuva cair lá fora. Não dava para ver as montanhas, pois a neblina estava muito densa. Pensou em Leon. Estava feliz por ter vindo, por estar perto dele. Era bom saber que ele estava no quarto ao lado e quem sabe pensasse nela também. Luna gostava de ver a chuva. Isso mexia com suas emoções. Sempre que via e ouvia a chuva cair, sempre que sentia o cheiro da terra molhada, pensava em Deus. Quando sentia o vento em seu rosto ou a suave carícia de uma brisa, achava que, através de seus sentidos, Deus se manifestava para ela. E sentia uma enorme paz invadi-la nesses momentos. Então seus pensamentos voltaram para Leon. Ele também era uma obra de Deus. Mentalmente agradecia ao Deus bom que permitia que ela vivesse no mesmo mundo dele.

Resolveu pôr o diário da viagem em dia e registrou tudo o que tinha acontecido até então. Depois deitou-se e adormeceu. Dormira muito tarde na noite anterior e acordara muito cedo naquela manhã. Quando acordou, já era noite. As garotas arrumavam suas coisas e já estavam prontas para o jantar. Luna tomou um banho. Deixou a água quente envolvê-la e aquecê-la. Era tão bom que não dava vontade de sair debaixo do chuveiro. Então se vestiu e pôs um casaco de lã, pois fazia frio. As garotas a esperavam para descerem juntas.

Na sala, Roger e Elise jogavam xadrez a um canto, em uma mesa que era o próprio tabuleiro. William, George, Stephan e Estevão jogavam pôquer em outra mesa. Julian e Leon liam sentados no sofá. Allan e Karen não tinham saído do quarto ainda. Stephan, sempre brincalhão, falava aos companheiros:

– Por que será que aqueles dois não saem do quarto, hein?

– Ora, Stephan, o que você acha? – disse Estevão e caíram na risada.

No quarto, algo bem diferente acontecia. Karen estava tremendamente mal-humorada, muito mais do que era seu costume. Falava:

– Não aguento mais. Você disse que seria uma aventura e tanto e até agora não aconteceu nada de emocionante. Isso está monótono demais para o meu gosto. Até quando ficaremos aqui sem fazer nada? Que tédio! Raio de chuva que não para. Detesto chuva. Detesto frio. E essa gente? Insuportáveis. Gente mais sem graça...

E por aí iam suas lamúrias. Allan, armado de muita paciência, graças à paixão que sentia por ela, respondeu carinhosamente:

– Calma, meu bem, eu lhe prometi aventura e a terá. Tenha um pouco de paciência. Amanhã o tempo estará melhor e então sairemos. Este lugar é muito bonito, você vai gostar. Vi muitas fotografias daqui e adorei. Agora quero você bem bonita, pois desceremos para o jantar.

Após o jantar, reuniram-se na sala em frente à lareira. Laurence encontrou um violão em cima do armário do quarto e resolveu tocar e cantar. Leon tirou sua gaita inseparável do bolso e juntou-se a Laurence. Louise tinha uma bela voz e cantava com Laurence. Depois de algum tempo, todos cantavam. Em outro canto da sala, afastados do grupo, Allan e Karen, sentados em um confortável sofá, tomavam uma dose de uísque. Karen, muito elegante, mas sempre irritada, resmungava:

– Olhe como se divertem. Não vejo graça nisso.

Allan já estava cansado de tantas lamúrias e falou rispidamente:
– Karen, se quiser desistir, ainda há tempo. Posso pedir que nos levem de volta no helicóptero amanhã se o tempo melhorar.

Então ela, com seu jeito felino, olhou-o languidamente nos olhos e disse:
– Imagina, meu bem. Eu vou com você. Foi para isso que eu vim. Só estou um pouco entediada. Essa chuva não para de cair e está me deixando nervosa. Amanhã estarei bem com certeza.

Beijou Allan e em seguida foram para o quarto.

Mary trouxe chocolate quente para todos e a seresta continuou até bem tarde. Durante toda a noite, aquela chuva fina não parou de cair.

O dia amanheceu sem chuva, mas com muita neblina. O sr. Morrison veio ao chalé pela manhã para falar com Leon e dar notícias ao sr. Duncan.

Disse para Leon:
– É, meu amigo, o tempo está contra nós. A chuva parou, mas essa neblina não vai embora. O sol saiu, mas ainda não conseguiu dissipar toda essa neblina. A partida de vocês fica dependendo só de o tempo melhorar.

Leon concordou:
– Pois é, não temos outra alternativa. O jeito é ter paciência e esperar.

O sr. Morrison falou:

– Com licença, Leon, agora vou entrar em contato com o sr. Duncan para dar-lhe notícias.

Boa parte do grupo aproveitou que parou de chover para sair e obter mais informações com os moradores do local. Eles também queriam conhecer a aldeia. Ainda havia neblina, mas já se podia ver as montanhas ao fundo. Foram até a cachoeira e admiraram a beleza do lugar. A cachoeira era formada por três grandes quedas d'água, descendo do alto da montanha até formar o Rio das Pedras lá embaixo. Em volta, inúmeros pinheiros. O rio era realmente cheio de pedras grandes e pequenas e corria sinuoso, vale abaixo. Leon apontou a primeira queda d'água bem no alto, um pouco escondida pela neblina, e disse:

– A primeira etapa de nossa expedição partindo aqui de St. Louis será alcançar a primeira queda d'água. Lá em cima há uma cabana usada por alpinistas, onde poderemos passar a primeira noite.

Luna disse:

– Lá de cima deve-se ter uma vista e tanto.

– Com certeza.

Leon concordou e prosseguiu:

– Vamos torcer para o sol sair com mais força amanhã para dissipar a neblina.

Loren disse a Laurence:

– Laurence, você vai acabar com todos os filmes antes de chegarmos lá em cima.

Laurence não parava de tirar fotos.

– Calma, Loren. Eu vim prevenido. Não posso deixar de fotografar uma coisa tão linda assim. Mais belo do que isso, só mesmo esse seu rosto lindo.

E tirou fotos de Loren também. Depois dos outros, e por fim filmou o lugar com sua pequena filmadora.

– Agora sim, está tudo documentado.

Na volta, Loren passou pelo centro da aldeia e colheu informações com os moradores. Cada um dava sua opinião sobre o mistério da Montanha Azul, e Loren anotava tudo. Assim se passou o dia. A noite chegou com céu limpo, pontilhado de estrelas. A lua, quase cheia, espalhava uma tênue luz sobre o bosque de pinheiros. Luna exclamou:

– Que lindo está o céu!

Leon disse satisfeito:

– Graças a Deus! Acho que afinal partiremos amanhã cedo.

Jenniffer aproximou-se de Julian, que era o mais calado. Julian estava à janela olhando o céu salpicado de estrelas.

– O que foi, Julian? Você anda muito calado. Estou sentindo falta de ouvir suas histórias. Será que posso ajudar?

Jenniffer era muito meiga e inspirava confiança. Julian gostava muito dela e desabafou com a amiga:

– Não se preocupe comigo, estou bem, obrigado. É que às vezes sinto-me muito sozinho. E a solidão dói.

Jenniffer, comovida, falou:

– Eu sei o que é isso. Também eu sou uma pessoa só. Tenho muitos amigos, tenho tudo o que quero, mas falta alguma coisa.

Julian continuou seu desabafo:

– Eu estudo muito e aprendi muito. Aprendi sobre a vida, sobre as pessoas e sobre o mundo. Penso que compreendo um pouco o universo, mas o universo é muito grande para quem vive só.

– Você não tem uma namorada, Julian?

– Não, Jenniffer. Já tive várias, mas ainda não encontrei a pessoa certa. Às vezes penso que ela não pertence a esse mundo. Quando olho as estrelas brilhando como agora, imagino qual delas esconde o que procuro.

– Sabe, Julian, às vezes eu também tenho exatamente essa sensação – disse Jenniffer suspirando. Guardou silêncio, entristecida pela súbita recordação.

Mary chamou a todos. O jantar estava servido. Mais tarde o sr. Morrison e toda a equipe de apoio vieram ao chalé. Passariam a noite ali, já que o grupo da expedição partiria bem cedo no dia seguinte e eles precisariam estar a postos. Por volta das 22 horas, Mary serviu o chá. Pouco depois foram dormir.

A Cachoeira

Mal raiou o dia e todos já estavam de pé. Mary estava com o café servido quando desceram. Então chegou Jean, o aldeão, que seria o guia da expedição, como tinha sido combinado. Jean tinha sido apresentado ao grupo no dia anterior pelo sr. Morrison. Jean nasceu e se criou nas montanhas. Conhecia suas trilhas e caminhos melhor do que ninguém. Muitas vezes escalara a montanha, mas nunca fora até o ponto onde ocorriam os desaparecimentos, pois não possuía equipamento adequado. E ainda havia o temor entre os aldeões de que fenômenos sobrenaturais ocorriam ali. Leon deu-lhe roupas adequadas, utensílios e equipamentos básicos. Jean se aprontou e em seguida todos tomaram um café da manhã bem reforçado. Puseram as mochilas às costas e, com tudo prontinho, foram feitas as últimas recomendações. O sr. Morrison falou:
– Mantenha contato pelo rádio sempre que for possível.
Despediram-se do sr. Morrison e da equipe de apoio e puseram-se em marcha.
O dia amanheceu radioso depois de tanta chuva e neblina, mas o ar estava frio e o vento soprava. Leon caminhava à frente com Jean, o aldeão, que conhecia muito bem o terreno. Passaram pelo bosque de pinheiros e seguiram pelas margens do Rio das Pedras, onde davam as águas da cachoeira. Meteram-se pelas trilhas compridas e bastante sinuosas que levavam à saída do vale.
À sua frente a imponência das Montanhas Azuis, o grande desafio. Olhavam com assombro as grandes montanhas com o branco da neve a cobrir-lhes os picos. Era fácil saber qual era a Montanha

Azul, pois, sendo a mais alta, não era possível observar seu cume que ficava escondido por nuvens.

Andaram durante horas e pararam poucas vezes para descansar. Nesses intervalos, faziam contato pelo rádio com a equipe de apoio na aldeia.

Haviam subido mais algumas centenas de metros. Estavam próximos à segunda queda d'água. Ouviam o som da cachoeira como se fosse uma canção. Em poucos minutos a alcançaram. Pararam um pouco para comer e descansar. Novo contato pelo rádio. Continuaram a andar. A luz da tarde lançava uma claridade pálida sobre o vale. Precisavam chegar à cabana que ficava bem próxima à primeira queda d'água antes que a noite caísse. O frio era mais intenso. Subiram mais alguns metros e finalmente avistaram a cabana. A noite descerrava seu manto negro salpicado de estrelas douradas e a lua, quase cheia, surgia esplendorosa. Chegaram à cabana apenas com a claridade da lua a iluminar o caminho. A luz do velho lampião que encontraram ali iluminava fracamente o interior da cabana. Prepararam uma refeição mais substancial e logo depois de comerem, cada um acomodou-se o melhor que pode para dormir. Estavam todos muito cansados da longa caminhada. O murmúrio da cachoeira embalava-lhes os sonhos como uma velha cantiga de ninar há muito tempo esquecida.

Leon sonhou que descia uma grande escada escura e, quanto mais descia, mais degraus apareciam. Quando aquilo parecia não ter mais fim, de repente ouviu a voz de Ruddy dizer:

– "É por aqui, venha!"

Então apareceu uma luz e nesse instante Leon acordou com a claridade que vinha da janela diretamente em seus olhos. Pensou consigo mesmo: "Outra vez esse sonho". Desde que Ruddy desapareceu que ele começou a ter esse sonho. Era sempre igual. Deveria ter um significado, mas qual? Então quando o sr. Duncan o convidou para liderar a expedição, ele não pensou duas vezes para aceitar. Acreditava que o sonho era um sinal.

O dia amanheceu e o sol brilhava, apesar de lá fora ainda estar bem frio. Resolveram, apesar do frio, tomar banho na cachoeira, porque depois não sabiam quando poderiam tornar a fazê-lo. Primeiro foram as garotas. A paisagem era deslumbrante. As águas cristalinas que caíam do alto pareciam um véu de noiva. Uma fina neblina a envolvia. O sol brilhava e tinha esquentado um pouco. A cachoeira convidava a entrar na água. Luna, corajosa, mergulhou de uma vez na água gelada. Ao primeiro contato teve um choque, pois a água estava muito fria, mas depois acostumou-se. Serviu-se da água que caía com força sobre a sua cabeça como uma ducha natural. Chamou as outras que hesitavam em entrar:

– Está uma delícia, venham, meninas!

As garotas tomaram coragem e entraram. Depois de muitos gritos por causa da baixa temperatura da água, tudo virou uma brincadeira. Sob a queda d'água havia um poço que formava uma grande piscina natural. O fundo era cheio de pedras. As garotas se movimentavam muito para suportar a água fria. Jenniffer sentiu câimbras e teve de sair da água. Sentou-se sobre uma pedra e massageou os pés doloridos. Luna perguntou:

– Precisa de ajuda, Jenniffer?

A moça respondeu:

– Não, obrigada. Já está passando.

Karen não teve coragem de entrar. Tinha horror de água fria. Estava de cócoras na beira do poço, lavando os cabelos quando Loren chegou por trás dela e a empurrou. Karen caiu na água, gritou, esperneou e xingou, Loren se acabava de tanto rir. As outras caíram na risada também.

Karen ficou muito zangada e falou:

– Loren, se eu pegar uma pneumonia, a culpa será só sua.

E saiu da água tremendo de frio. Terminado o banho, vestiram-se e voltaram para a cabana. Para sua surpresa, encontraram um belo café da manhã preparado pelos rapazes à sua espera. Na mesa havia até um belo arranjo improvisado com flores silvestres, colhidas por Stephan, que disse:

– Flores para as mais belas garotas das montanhas.

Louise, que era sua namorada, o beijou e disse:

– Seu bobo, temos mesmo que ser, pois não há outras garotas por aqui além de nós; mesmo assim, obrigada. Você é um amor!

Então foram os rapazes para a cachoeira. Laurence foi equipado com câmera e filmadora. De lá tinha-se uma vista magnífica do vale. O sol, que brilhava intensamente, refletia-se nas águas do Rio das Pedras lá embaixo, produzindo reflexos dourados. Viam-se as outras montanhas ao longe e elas realmente pareciam azuis. Laurence não perdeu tempo, fotografou e filmou tudo. Filmou também a entrada dos rapazes na água fria. Foi um show.

Julian ficou observando as pedras no fundo da água transparente do poço. Eram arredondadas, lapidadas pela própria água. Achou interessante as várias formas que tomavam. Então ele viu uma pedra que lhe chamou a atenção: era mais clara que as outras e perfeitamente redonda, não parecia ter sido esculpida pela natureza. Em um dos lados, as ranhuras pareciam formar um desenho. Julian ficou encantado com a pedra e resolveu guardá-la de lembrança daquele lugar belíssimo.

Leon alertou para que ficassem naquela região cercada por pedras que formava a piscina natural, pois, fora dela, a correnteza puxava forte rio abaixo. Allan era um tanto quanto exibicionista, não deu ouvido a Leon e saiu da piscina. Não demorou muito para que se ouvisse um grito. Allan teve câimbras nas pernas e não conseguia voltar. Agarrou-se a uma pedra e pediu socorro. Leon e Jean, que estavam mais próximos, o socorreram e por um triz Allan não foi arrastado pelas águas. Assim terminou a brincadeira. Voltaram para a cabana.

Leon fez contato pelo rádio com a equipe de apoio na aldeia. Disse a eles que estava tudo bem e que estavam prestes a deixar a cabana. Voltaria a entrar em contato mais tarde.

Laurence chegou da cachoeira bastante animado. Tinha a câmera pendurada no pescoço, os cabelos louros molhados e um grande sorriso nos lábios. Aproximou-se de Loren e disse, entusiasmado:

– Tirei fotos maravilhosas. Esse lugar é demais!

Laurence foi até a porta da cabana e falou:

– Aí, pessoal! Quero tirar uma foto do grupo todo em frente à cabana.

Saíram todos e fizeram pose. Depois Laurence colocou a câmera no automático para poder sair também.

Em seguida, Leon pediu a Julian e Jenniffer que apanhassem alguns gravetos e um bocado de lenha, pois à noite iriam precisar, dessa vez dormiriam ao relento. Eles foram.

Karen resmungava que estava ficando resfriada por causa do banho frio. George a examinou e disse:
– Você está ótima, não se preocupe.
Deu-lhe apenas vitamina C.
William terminava de guardar o rádio.
Leon e Luna foram até a fonte encher os cantis de água. Leon colheu uma pequena flor e com ela enfeitou os cabelos de Luna. Ela sorriu. Os dois ficaram apreciando a bela visão da cachoeira, das pedras, das plantas, das montanhas à sua volta e do vale lá embaixo. Era como se quisessem impregnar bem suas almas com toda aquela beleza para nunca mais esquecê-la. Leon deu um profundo suspiro, extasiado com tanta exuberância, e fez uma reverência à mãe natureza e ao Pai que a criou. Depois disse:
– Pode-se sentir a magia desse lugar. O mundo é mesmo belo e essa é uma terra encantada. Luna, sinta como esse ar fresco e puro envolve o mundo.
Respirou fundo e Luna fez o mesmo, enchendo seus pulmões com aquele ar puro da montanha. Ela apontou para a cachoeira e disse:
– Olhe o arco-íris sobre a cachoeira. Que beleza! Você tem razão, este é um lugar abençoado.
Luna sentia-se emocionada. Então se olharam. Seus olhos se encontraram e o coração disparou, batendo forte como um louco. Ficaram em silêncio, com medo de que uma palavra pudesse quebrar o encanto daquele momento.
Roger e Elise se aproximaram e o encanto foi quebrado.
– E então, tudo pronto? – perguntou Roger.
– Tudo certo, Roger. E vocês conseguiram o material?
– Conseguimos – respondeu.
Elise. Eles estiveram colhendo material para suas pesquisas.
Perto dos pinheiros, Jenniffer e Julian pegavam lenha e gravetos espalhados pelo chão. De repente, Jenniffer ficou parada olhando fixamente para a cachoeira. Seus olhos encheram-se de lágrimas. Julian aproximou-se e perguntou:
– Tudo bem, Jenniffer?

Ela voltou-se surpresa.

— Estou bem, obrigada. Sei que não deveria pensar no que já passou, mas às vezes não consigo evitar.

Deixou escapar um suspiro triste. Julian, com um sorriso encorajador, disse em tom suave:

— O que a entristece tanto, Jenniffer? Desabafe comigo, quem sabe eu não possa ajudá-la? Agora é minha vez.

Jenniffer sentiu que podia confiar nele. Então desabafou o que lhe ia ao fundo d'alma:

— Esse lugar maravilhoso me faz lembrar de alguém que já partiu. Era meu noivo, sofreu um terrível acidente e me deixou muito só. Primeiro eu quis morrer também, depois ficou um grande vazio, agora a saudade ainda dói muito.

Julian comoveu-se. Olhou-a com ternura, com uma expressão de quem compreende. A perda de alguém amado é algo muito difícil. Só o tempo pode suavizar essa dor, mas a saudade, essa fica para sempre. Ele também era solitário, se bem que por outro motivo: ela tinha perdido um grande amor, ele nunca o tinha encontrado. Disse, tentando consolá-la:

— Jenniffer, sinto muito. Mas ao menos você conheceu o amor verdadeiro, eu nunca o encontrei.

Os dois tornavam-se cada vez mais amigos. Jenniffer deu um sorriso resignado. Voltaram com a lenha.

Na cabana, Louise, Stephan, George e William terminavam de aprontar os sanduíches que seriam a refeição do dia, pois não poderiam perder mais tempo. Precisavam alcançar o grande platô antes de anoitecer. Terminaram de arrumar tudo. Mochilas às costas, partiram. A noite de sono e o banho na cachoeira devolveram-lhes o vigor e a disposição. Andaram durante algumas horas e então pararam para descansar e fazer uma ligeira refeição. Leon fez contato pelo rádio com a aldeia. Estava tudo bem. De onde se encontravam, podiam ver as montanhas recortadas contra o céu azul e com poucas nuvens. Acima estava o pico mais alto, coberto de neve, mas de onde estavam não podiam vê-lo. Continuaram a subir e cada vez mais lentamente, à medida que as trilhas ficavam mais difíceis e por vezes desapareciam sob as grandes pedras. Então tornava-se necessário o uso de cordas e dos equipamentos próprios para alpinismo. Mas principalmente a experiência de Leon contava muito nesses momentos. Luna era frágil, mas determinada, e Leon a ajudava. Karen, apesar de reclamar muito, estava indo bem. Os outros não tiveram problemas até então. Venceram os primeiros obstáculos. Leon foi o maior responsável por todos terem conseguido chegar em segurança no alto da grande pedra.

O sol mergulhava atrás das montanhas e as sombras se aprofundavam. De onde estavam, podiam ver todo o vale lá embaixo. Observaram pequenos pontos de luz brilhando, era a aldeia se iluminando à espera da escuridão da noite.

Ao alcançarem o grande platô, a claridade ia se extinguindo com os últimos raios de sol. Passariam a noite ali. Acamparam junto a um paredão de pedra. As rochas ao redor formavam um abrigo natural. Embora ventasse muito, o céu estava limpo e brilhavam milhares de estrelas. A lua estava linda. A próxima noite seria de lua cheia, por isso estava bastante claro, o suficiente para arranjarem lenha ao redor e fazerem uma fogueira. Assim, guardariam a lenha que traziam para quando precisassem. A fogueira, além de aquecer, servia para afugentar animais. Reuniram-se em um semicírculo, junto ao paredão e próximo à fogueira. À frente do paredão estendia-se o platô coberto por arbustos e muitas pedras, terminando em um grande abismo uns 50 metros adiante.

Assim que a fogueira ficou pronta e o fogo começou a crepitar, prepararam o jantar. A comida quente caiu muito bem. Um pouco de vinho ajudou a esquentar. Ficaram algum tempo conversando sobre a viagem e trocando ideias. Aos poucos, o cansaço e o sono foram vencendo alguns deles. Fazia muito frio. Depois de algum tempo, só Leon e Luna ainda estavam acordados. Sentaram-se mais afastados dos demais e conversavam em voz baixa para não incomodá-los. Estavam enrolados em cobertores para se aquecerem. Conversaram sobre seus trabalhos, o objetivo dessa viagem e as expectativas que cada um tinha em relação ao resultado de tal jornada. Falaram também de suas vidas, seus medos, seus sonhos e de todas as coisas boas e más que já tinham visto pelo mundo. Depois de algum tempo, pararam de falar e quietos ficaram olhando as estrelas. Nunca tinham visto um céu tão estrelado. Podia-se ouvir, dentro do silêncio da noite, o som da água correndo, caindo e batendo nas pedras lá embaixo. Um suave aroma de flores silvestres enchia a noite de um perfume suave. Embora ali em cima estivesse muito frio, estavam em plena primavera. Luna estava admirada por ver tantas estrelas e com tal brilho. Novamente a sensibilidade estava à flor da pele; respirava-se a magia daquela noite. Mais do que nunca, sentiam-se parte integrante daquele imenso e belo universo. Os dois tinham aprendido muito com a vida, especialmente aprenderam a ouvir seu coração, um sábio conselheiro. Sabiam que era através do amor que se conhecia o universo. O amor é a força que move o mundo. Desde o início dos tempos, essa era a grande busca de todos. Muitos buscavam tesouros em toda parte, sem saber que cada um guarda o único tesouro verdadeiro dentro de si mesmo. Como folhas ao vento, deixam a vida passar. Poucos descobrem o segredo. Eles descobriram e tiveram a certeza naquela noite. Fizeram juntos uma viagem ao mundo do amor. E foi uma viagem linda. Depois disso, não importava mais o que iria acontecer. Essa noite seria inesquecível.

A Tempestade de Neve

Amanheceu. Logo que foi possível, recomeçaram a andar. Ainda era muito cedo, mas precisavam aproveitar a luz do dia.

A segunda etapa da viagem foi muito dura e cansativa. O terreno cada vez mais íngreme dificultava a marcha. Um vento gelado sibilava em seus ouvidos. Pararam alguns minutos para descansar, pois a altitude, o frio e o esforço os cansavam mais facilmente agora. Leon examinava à sua volta e parecia apreensivo. Luna percebeu o ar de apreensão em seu rosto moreno e perguntou:

– O que houve, Leon? Algum problema?

Ele apontou para o céu do lado leste e Luna viu grandes nuvens que vinham em direção às montanhas.

– Não gosto disso. O tempo está mudando e muito rapidamente. Talvez tenhamos de enfrentar a neve. A temperatura está cada vez mais baixa. Precisamos encontrar a passagem no paredão e logo.

Leon entrou em contato com a base na aldeia. Explicou a situação ao sr. Morrison. Este concordou com Leon quando disse que a única solução seria ultrapassarem o paredão o mais rápido possível e buscar abrigo no platô logo acima. Voltar era impossível. Ficar onde estavam seria um risco enorme. Não havia outra escolha. Teriam de arriscar. Leon explicou a situação ao grupo.

Encheram os cantis em um fio d'água que escorria pelo meio de algumas pedras. A água estava gelada.

Jean conhecia bem as trilhas até aquele ponto. Nunca se atrevera a escalar o paredão, que era muito liso. Era impossível escalar por aquele lado. Sabiam que em algum ponto existia uma passagem de onde seria possível continuar a subida, por ter muitas asperezas e sulcos nas rochas. Sabiam disso porque os alpinistas amigos daquele que desapareceu chegaram até aquele ponto e relataram. Havia sido por ali que conseguiram atingir o platô mais acima, já quase no cume da montanha.

    Jean dali se despediu dos companheiros e voltou. Ficaria aguardando o grupo na cabana lá embaixo. Ele era um simples aldeão e não ousava desafiar a montanha. Leon disse que seria perigoso ele voltar sozinho, mas ele não quis saber e voltou assim mesmo.

    Então o grupo se dividiu e vasculharam tudo até encontrar a passagem no paredão. Nesse momento se iniciava a pior etapa da expedição. Depois de muito esforço, suor e perigos, finalmente conseguiram vencer o paredão. Estavam exaustos. Fora alguns arranhões e contusões, estavam todos bem. Procuraram abrigo, mas o melhor que conseguiram foi uma grande pedra rodeada de arbustos e pedras menores. O vento cortante assobiava entre as pedras. De repente, Leon sentiu o leve toque gelado da neve em seu rosto. Logo a neve começou a cair mais forte. Leon falou, apreensivo:

– Era justo o que eu receava. Enfrentaremos uma tempestade de neve e estamos desabrigados. Rápido, cortem galhos desses arbustos e improvisaremos uma barraca.

    Assim fizeram. Em um instante fizeram uma barraca de galhos junto à pedra e no meio de alguns arbustos. Por dentro esticaram uma lona cobrindo o abrigo. Não era grande coisa, mas protegia um pouco da neve. Leon orientou novamente:

– Peguem a lenha que trouxemos e faremos uma fogueira para nos aquecermos. William, Stephan e Roger, procurem mais lenha em volta antes que a neve cubra tudo. Vamos nos manter bem próximos uns dos outros para nos mantermos aquecidos.

    Quando o fogo começou a arder, diminuiu um pouco a terrível sensação de frio. Stephan tentou animar os amigos:

– Ânimo, gente, pelo menos assim a gente se livra do peso dessa lenha. Além do mais, pode-se aproveitar para namorar um pouquinho...

    Então abraçou Louise. Leon falou:

– Isso mesmo, nada de desânimo. É só uma tempestade. Vai passar. Precisamos apenas nos manter aquecidos. A noite vai ser pior, mas vamos aguentar. Não se preocupem, dará tudo certo.

Julian então começou a contar outra de suas histórias e todos relaxaram um pouco. Julian gostava de contar histórias. Com todo o agasalho que tinham enrolados em cobertores, próximos uns dos outros e da fogueira, ainda assim o frio era insuportável. Uma espessa camada de neve já cobria o chão fora do abrigo. Não se enxergava nada.

Leon tirou uma garrafa de vodca da mochila e passou de mão em mão, cada um bebeu um gole. A bebida ajudava um pouco a suportar o frio. Comeram alguma coisa e depois ficaram conversando. Stephan, sempre brincalhão, não perdia o bom humor nem em uma situação como aquela:

– É, companheiros, acho que entramos literalmente numa fria.

Eles riram, descontraindo um pouco. Louise disse:

– Stephan, só mesmo você para brincar num momento como esse.

E riu também.

Anoiteceu. A lua estava cheia, mas densas nuvens a escondiam. Não se via uma única estrela no céu. Leon tentou se comunicar com a base, mas não conseguiu. Então falou:

– Talvez seja por causa da tempestade. Amanhã tentaremos de novo. Segundo o que sabemos, estamos bem próximos do cume. O melhor que temos a fazer agora é procurar dormir. Colocarei mais lenha na fogueira para nos mantermos aquecidos.

A lenha queimava crepitando e o fogo tremulava muito por causa do vento. Todos custaram a dormir, a tempestade de neve era assustadora. Aos poucos foi acalmando e então finalmente adormeceram, vencidos pelo cansaço. Luna aconchegou-se a Leon e dormiram juntinhos. A noite ia alta quando Luna acordou sobressaltada. Era apenas o vento que uivava. Olhou a fogueira, alguém tinha posto mais lenha. Estava muito frio. Aconchegou-se novamente a Leon e dormiu.

Perto do amanhecer, a neve diminuiu. E quando o dia clareou, o vento tinha abrandado e a neve cessou de cair, mas ainda estava muito frio. O silêncio era quase total. Na fogueira, restavam apenas brasas. O cume da montanha estava escondido pelas nuvens. George foi o primeiro a acordar. Colocou o restante da lenha na fogueira e reavivou as brasas. Fez alguns exercícios para aquecer e melhorar a circulação. Sentiu ir sumindo aos poucos o torpor que tomava conta de suas pernas. Preparou o café. Em seguida os outros foram acordando e ele mandou que fizessem exercícios também. Aos poucos, foram se sentindo melhor. O café quente desceu bem.

Leon e William tentaram novamente comunicação pelo rádio, mas não conseguiram.

Luna perguntou:

– E agora?

Leon lhe respondeu:

– Parece estar havendo algum tipo de interferência, não sei o que é. Tentaremos novamente mais tarde. Agora vamos tratar de chegar logo ao cume, pois pretendo que a gente comece a voltar ainda hoje. Temos que chegar até o platô abaixo, onde teremos abrigo para passarmos a noite. Nós não suportaríamos outra noite dessas.

A neve acumulada durante a noite agora atrapalhava-lhes a caminhada. Seria difícil encontrar um caminho melhor depois de tanta neve, e eles não tinham tempo a perder. Puseram-se em marcha. Andaram penosamente. De vez em quando, pequenas pedras rolavam das encostas.

No Cume da Montanha

Então, à medida que se aproximavam do cume, aumentava a ansiedade. O cansaço, a tensão e a expectativa de descobrir o mistério deixava-os agitados. Leon tirou a gaita do bolso e foi andando e tocando para tentar se acalmar. Leon consultou o relógio: eram 10 horas em ponto. Ainda tinham tempo. Ficou mais calmo. Continuou tocando sua gaita. Finalmente avistou o cume. Apertou o passo, deixando o grupo mais atrás. Já não podia controlar mais sua ansiedade. De repente, o chão onde pisava cedeu e Leon caiu dentro do que parecia ser um buraco. Ainda pôde ouvir o grito de Luna, então ficou tudo escuro e ele sentiu-se cair como se estivesse em um grande escorregador em espiral. Foi descendo, descendo, com grande velocidade. À sua volta, só escuridão. Sentiu medo. Subitamente a velocidade diminuiu e finalmente ele parou suavemente. Leon ficou alguns segundos meio atordoado no chão. Sentiu o chão gelado e, ainda um pouco tonto, conseguiu se pôr de pé. Estava escuro, mas ao fundo podia divisar uma luz bem fraca. Chamou por Luna e por William. Ninguém lhe respondeu, pôde ouvir apenas o eco de sua própria voz. Percebeu então que estava em um lugar fechado, uma caverna provavelmente. Não podia enxergar direito, mas seguiu na direção da luz. Mais alguns metros e a luz foi ficando mais intensa. Agora já podia ver as paredes de gelo à sua volta, por isso estava tão frio. Era um túnel escavado no gelo. Fazia curvas, e a cada curva a claridade aumentava mais. O gelo à sua volta brilhava. Ao fazer outra curva, precisou fechar os olhos, tal a luminosidade. Foi abrindo os olhos devagar até que se adaptaram a tanta luz. Ele não podia acreditar no que via diante de seus olhos. Era um grande salão com inúmeros ornamentos: estátuas e pilastras, tudo esculpido no gelo. Pareciam feitos de diamantes, tamanho o brilho que tinham. Nunca vira coisa tão fantástica. Era tudo trabalhado e rico em detalhes. Ficou intrigado: quem teria feito uma maravilha dessas e de onde viria essa luz? Reparou que havia mais duas portas além daquela por onde entrou, que estava aberta e se fechou sozinha após ele ter entrado no salão. Essas duas estavam fechadas. Pensou aonde dariam. Chamaram-lhe a atenção os desenhos em relevo das portas, tudo esculpido no gelo também. Nos lados de cada porta havia estátuas representando leões alados. No centro do salão, uma grande estátua de um anjo parecia indicar as três portas. Leon ficou por alguns minutos fascinado diante da extraordinária beleza do lugar. Então tentou entender o que tinha acontecido. Não chegou a uma conclusão, ainda estava um pouco atordoado. Resolveu investigar o lugar e escolheu uma das portas. Não sabia como abri-la, mas ela se abriu ao toque de sua mão. Diante dele, viu uma escadaria fracamente iluminada que descia. Leon estremeceu. Imediatamente lembrou-se de seus sonhos. Era uma escadaria como aquela que via neles. Foi adiante, começou a descer os degraus. A cada lance, ficava mais escura. Sentiu medo. Resolveu voltar, mas ao subir o primeiro degrau de volta sentiu como se ele desparecesse sob seus pés. Teve a mesma sensação da primeira queda. Só que dessa vez foi mais rápido. Quando parou de descer, ele se viu em uma clareira, em um bosque coberto de neve. E viu, atrás de alguns arbustos, pequenos homenzinhos correndo a se esconder. Leon esfregou os olhos e pensou que talvez tivesse batido com a cabeça na queda, pois estava vendo duendes. Olhou novamente e ainda pôde ver dois deles sumindo atrás das árvores. Que lugar seria aquele? Não parecia real. Levantou-se e olhou à sua volta. À sua frente, um grande bosque coberto de neve, mais para a direita viu a entrada de uma caverna. Sem saber para onde ir, Leon seguiu sua intuição e entrou na caverna. Dentro dela estava um pouco escuro, mas ao longe se via claridade. Foi nessa direção.

    Passou por grandes rochas e finalmente chegou do outro lado. Enfim viu o céu sobre sua cabeça e sentiu o vento em seu rosto. Ficou surpreso com o que viu: uma floresta. Como era possível: em um instante estava no topo de uma montanha; em outro, em um bosque coberto de neve e agora se encontrava em uma linda floresta, em uma temperatura agradável. O céu estava azul e o sol brilhando. Precisou tirar o agasalho, pois sentiu calor. Recostou-se no tronco de uma árvore e resolveu descansar um pouco e pôr a mente em ordem. Estava confuso. Primeiro pensou que tinha morrido, depois que tinha ficado maluco e agora chegou à conclusão de que precisava descansar um pouco para poder raciocinar com clareza. Tirou sua gaita inseparável do bolso e começou a tocar para relaxar. Olhou para o relógio e verificou surpreso que marcava a mesma hora de antes da queda. Talvez tivesse se danificado. Continuou a tocar sua gaita e depois acomodou-se e dormiu.

Fora da montanha, Luna gritava desesperada ao ver Leon sumir diante de seus olhos em um segundo. No mesmo instante, um intenso clarão foi observado por todos.

– Leon! Leon! Ele sumiu!

William, que estava próximo de Luna, também não acreditava no que tinha visto. Olharam por toda parte procurando alguma fenda por onde Leon pudesse ter caído. Não encontraram nada. Nesse instante, chegou o resto do grupo que vinha mais atrás. Estavam todos atônitos. De repente, o chão sob os seus pés cedeu e caíram todos. Outro clarão intenso foi visto lá da aldeia. Aconteceu com eles o mesmo que tinha acontecido a Leon. Sentiram-se caindo a grande velocidade em um lugar escuro. Ouviam-se apenas os gritos assustados deles. Aos poucos, a velocidade diminuiu até que pararam suavemente no chão gelado. Estavam bastante atordoados. Ninguém entendia nada. Laurence foi o primeiro a se erguer e acendeu a lanterna. Viu que as paredes eram de gelo e então perguntou, iluminando os companheiros:

– Vocês estão bem?

Apesar das faces pálidas do susto, todos responderam que estavam bem. William observou o eco de suas vozes e falou:

– Nós caímos dentro de uma caverna. Leon deve ter caído aqui também, vamos procurá-lo.

Deram uma busca na caverna e não o encontraram. Chamaram por seu nome, mas a única resposta que tiveram foi o eco de suas próprias vozes. Por um instante, desligaram as lanternas seguindo a instrução de William. Ele estava certo, pois então puderam perceber uma pequena claridade à sua frente, seguiram nessa direção. Luna sentia o coração apertado, mas se esforçava para manter a calma. Algo dentro dela lhe dizia que Leon estava bem.

Finalmente, saíram no grande salão de gelo. Ficaram boquiabertos com o que viram. Laurence não perdeu tempo e filmou e fotografou tudo.

– Gente, que coisa mais fantástica! É inacreditável! – exclamou Laurence maravilhado.

Passada a surpresa, voltaram à realidade. Tentaram explicar o que lhes tinha acontecido, mas ninguém sabia como. Perguntavam-se onde estaria Leon. Luna andava pelo salão quando de repente se abaixou e pegou alguma coisa no chão. Seus olhos brilhavam quando mostrou aos outros o que tinha encontrado.

– Olhem! É um botão da roupa de Leon. Ele passou por aqui.

Tentaram abrir a porta diante da qual Luna encontrou o botão. Ao tocá-la, a porta se abriu e a escadaria apareceu diante deles. Luna se lembrou dos sonhos de Leon, que tinha lhe contado. Arrepiou-se. Começaram a descer. À medida que desciam, ficava mais escuro. Acenderam as lanternas. De repente, Laurence, que ia à frente, se assustou e pensou em voltar. Ao subir de volta um degrau, o chão sumiu sob seus pés, como tinha acontecido com Leon. Então se viram na clareira de um bosque coberto de neve. Loren viu os homenzinhos correndo para trás das árvores e exclamou:

– Olhem! Ali atrás das árvores, parecem duendes.

Laurence, muito rápido apesar do atordoamento que sentia, pegou a filmadora e correu na direção apontada por Loren. Conseguiu filmar o último deles se escondendo atrás de uma grande árvore. Devia ter uns 60 centímetros de altura e tinha barba branca. Todos procuraram por entre as árvores, mas já não havia mais ninguém. Tinham sumido. Chegaram a pensar que tivesse sido uma alucinação, mas então perceberam as pequeninas pegadas na neve. Alucinação não deixa pegadas. Era verdade. Ficaram um tempo sentados para se recobrarem de tantas surpresas. Alguns sentiam uma pequena tontura. Enquanto os outros descansavam, William deu uma volta pelo lugar e logo se deparou com a caverna; então chamou os outros:

– Vejam! É uma caverna. Vamos dar uma olhada. Então repararam as pegadas no chão onde a neve acumulada era mais espessa. Luna exclamou:

– São as pegadas de Leon. Só podem ser. Vamos!

Entraram na caverna escura e andaram na direção da luz ao fundo. Chegando ao final, já sentiam um ar puro e fresco vindo do lado de fora. Saíram da caverna e depararam-se com a floresta. Magníficas árvores erguiam-se contra um céu de um azul puríssimo onde o sol brilhava por entre as altas copas. A temperatura amena fez com que sentissem calor nos pesados agasalhos. Tiraram-nos. Andaram um pouco e então Luna avistou Leon adormecido no chão. Em um instante, ela sentiu uma vertigem e um calafrio percorreu seu corpo, mas, ao se aproximar mais, viu que ele apenas dormia. Exclamou, sem poder conter a emoção:

– Leon! Leon!

Correu até ele. Leon acordou com a voz de Luna. Levantou-se e a abraçou demoradamente. Beijou-a. Abraçou os companheiros.

– Que bom vê-los de novo, amigos! – exclamou Leon alegremente.

Luna perguntou:

– O que nos aconteceu, Leon? Não consigo compreender.

Leon, que já estava refeito pelo sono e mais tranquilo por ver os amigos, falou:

– Ainda não entendi como, Luna, mas parece que exatamente naquele ponto, no topo da montanha, há uma espécie de passagem para outra dimensão. Eu acredito que estejamos em outra dimensão.

– Isso parece coisa de ficção científica, Leon – falou Allan.

– Mas, Leon, você acha mesmo que isso seja possível? Parece fantástico demais – perguntou, incrédulo, Roger.

William interrompeu-o:

– Lembre-se, Roger, que tempo e espaço são relativos. Não há provas, mas existem hipóteses da existência de outras dimensões.

Pelo que estamos vendo pelos nossos próprios olhos, não é uma hipótese tão absurda assim. A menos que estejamos tendo uma alucinação coletiva ou morremos todos e estamos no além, só há essa explicação.

Julian disse:

– É, bem que dizem que "Há mais coisas entre o céu e a terra do que imagina nossa vã filosofia".

Então Leon comentou sobre o fato de o seu relógio ter parado. Todos observaram os seus e verificaram que estavam igualmente parados.

– Como eu imaginava. As coisas aqui são diferentes. Nossos relógios de nada nos servem aqui.

Luna falou:

– Eu nunca imaginei uma coisa dessas.

George acrescentou:

– Que interessante! Gostaria de saber como reage o organismo humano a essa diferença de tempo e espaço.

Stephan falou:

– Como reage o organismo humano de um modo geral eu não sei, só sei que o meu está morrendo de fome.

Todos riram. Então tiraram o que comer das mochilas. Enquanto comiam, conversavam. Loren falou, brincando:

– Adorei a ideia de o tempo ser mais lento aqui, assim a gente demora mais para envelhecer.

Karen a censurou:

– Minha querida, eu é que não pretendo ficar aqui para descobrir isso.

Loren acrescentou:

– Nem eu, só estou brincando.

Elise perguntou a Leon, ansiosa:

– Leon, o que faremos? Como é que voltaremos pra casa?

Leon respirou fundo e, após alguns segundos de silêncio, respondeu:

– Ainda não sei Elise, mas vamos descobrir. Por enquanto, eu sugiro que a gente aproveite essa experiência singular que estamos vivendo. Vocês devem estar muito cansados, por que não descansam um pouco agora? Eu já descansei. Vou dar uma volta por perto para ver se descubro alguma coisa.

O grupo aceitou a sugestão, pois estavam muito cansados e um pouco atordoados com os últimos acontecimentos. Cada um desenrolou seu saco de dormir e acomodou-se no chão. Luna não se sentia tão cansada e preferiu fazer companhia a Leon.

– Vou com você – disse Luna a Leon.

Foram andando. Leon ia fazendo marcas nas árvores com seu canivete para encontrarem o caminho de volta depois. Quando tinham se afastado um pouco do grupo, Luna enlaçou-o pelo pescoço com seus braços e falou:

– Leon, fiquei com tanto medo de lhe perder...

Leon envolveu-a em seus braços, beijou-a e disse:

– E eu tive medo de não voltar a vê-la, mas agora estamos juntos novamente.

Um beijo longo e apaixonado o calou. Luna perguntou, enquanto andavam:

– Leon, você também viu os homenzinhos naquele bosque coberto de neve?

– Eu vi, mas como aconteceu tudo tão depressa, pensei que estivesse vendo coisas por causa da queda. Se vocês também viram, então é verdade.

Luna acrescentou:

– Laurence chegou a filmar a fuga deles. Eles eram tão pequeninos, iguais aos duendes das histórias.

Os dois andavam por entre as árvores. Estava mais escuro ali porque as árvores eram altas e muito copadas, não deixando passar muita luz. Soprava uma brisa fresca deliciosa. Luna podia sentir a carícia da brisa em seu rosto revolver-lhe os cabelos. Andaram de mãos dadas em silêncio, apreciando toda aquela beleza. Pararam ante uma cena curiosamente bela: nesse ponto da floresta as copas das árvores estavam um pouco mais separadas, pois a luz do sol filtrava-se por entre os galhos e as folhas, dando um efeito de luz que parecia saído de um sonho. Folhas das árvores caíam e rodopiavam em um balé até pousarem suaves no chão. Havia muitas folhas espalhadas pelo chão. Ficaram algum tempo olhando em silêncio o balé das folhas. Elas que se desprendem das árvores, caem no chão, apodrecem, se tornam parte de novas árvores e recomeçam o ciclo da vida.

Voltaram a andar e então ouviram um murmúrio de água a correr. Chegaram a uma clareira e à sua frente corria um riacho de águas cristalinas. A água estava convidativa, eles não resistiram e mergulharam. Sentiram-se reanimar como se aquela água lhes devolvesse a energia. Depois de algum tempo, Luna falou:

– Acho melhor a gente voltar, eles podem estar preocupados conosco.

– Você tem razão.

Voltaram seguindo as marcas deixadas nas árvores. Pelo caminho, Leon contou a Luna o segredo de Ruddy, seu amigo desaparecido.

– Fico pensando se aconteceu a Ruddy o mesmo que nos aconteceu. Onde estará ele agora? Nós precisamos procurá-lo. Algo dentro de mim me diz que ele está bem. Lembra-se dos meus sonhos, da escadaria que eu via neles? Era igual à que desci depois de passar pelo salão de gelo.

Luna falou:

– Quando passei por ela, lembrei-me do que você tinha me contado e fiquei arrepiada. Leon, qual o segredo de Ruddy? Você quase nos contou naquela ocasião na aldeia, mas mudou de ideia no último instante, por quê?

Leon parou de andar e convidou Luna a se sentar sobre um tronco caído no chão. Então falou:

– Vou lhe contar tudo, Luna. Não falei antes porque existem pessoas no nosso grupo que não me inspiram confiança.

– Sei de quem você está falando e concordo plenamente – disse Luna, concordando com Leon.

– Bem, eu e Ruddy éramos muito amigos e tínhamos muito em comum. Ele também trabalhava na Universidade e, como eu, era físico. Tinha por hobby o alpinismo e costumávamos escalar juntos quando era possível. Ele contou-me que estava estudando a relação tempo-espaço, assunto que o fascinava. Acreditava na existência de outras dimensões fora do tempo-espaço que conhecemos. Estava fazendo uma séria pesquisa a esse respeito. Então soube da história dos tais desaparecimentos na Montanha Azul. Não sei bem por quê, mas ele achou que poderia haver alguma ligação com o que ele vinha estudando. Não sei os detalhes porque nos últimos meses ele viajava muito e eu também andei bastante ocupado, nós pouco nos víamos. Ele andava procurando elementos para a sua pesquisa pelos quatro cantos do mundo. Na última vez que estivemos juntos, convidou-me para escalar com ele a Montanha Azul. Eu tinha um trabalho importante para terminar e não pude ir. Em seguida, fiquei sabendo do seu desaparecimento. Então comecei a ter aqueles sonhos. Neles via a escadaria e ouvia Ruddy me chamando. Logo depois, o sr. Duncan convidou-me para a expedição. Aconteceu tudo o que já sabemos, e agora estou convencido que Ruddy estava certo. Estamos mesmo em outra dimensão. Acredito que ainda poderemos encontrá-lo.

Luna ouviu tudo atentamente e falou:

– Então vamos procurá-lo.

Levantaram-se e foram ao encontro do grupo que ainda dormia, exceto Louise e Stephan, que já estavam ficando preocupados com a demora deles.

Stephan brincou:

– Que passeio demorado, hein? Andar pela floresta é perigoso, pois podem acabar encontrando o lobo mau. Os anõezinhos da Branca de Neve nós já vimos...

Leon lhe respondeu:

– Você não tem jeito mesmo, Stephan – e riu.

Louise perguntou:

– Descobriram alguma coisa?

– Há um riacho lindo. Ótimo para um bom banho – disse Luna – sorrindo.

– Vamos até lá, Louise? – convidou Stephan.

– Vamos. Estamos mesmo precisando de um banho. Por que vai levar toda a sua mochila, Stephan?

– São coisas que eu vou precisar. Leon, como se chega lá?

– É fácil. Basta seguir a trilha que deixamos. Eu fui marcando as árvores com o canivete. Não dá para se perder, não fica muito longe.

– Ok. Tchau – disse Stephan e segurando a mão de Louise foram andando até sumirem por entre as árvores.

Luna e Leon sentaram-se um pouco afastados dos demais para não perturbar o sono deles. Ficaram conversando muito.

No riacho, Louise e Stephan mergulharam nas águas cristalinas e brincaram como duas crianças grandes. Depois sentaram sobre uma pedra. Stephan olhou ternamente para Louise e falou:

– Louise, ainda não sei bem o que está acontecendo conosco, onde estamos ou se voltaremos para casa, mas de uma coisa tenho certeza: é muito bom estar com você. E, aconteça o que acontecer, quero estar sempre junto de você. E se voltarmos, voltaremos para a "nossa casa". Eu brinco muito porque acho que a vida tem que ser vivida com alegria, mas agora estou falando muito sério: você quer casar comigo?

Enquanto falava, tirava da mochila uma pequena caixinha preta que abriu e de dentro tirou um par de alianças de ouro. Louise quase perdeu a voz. Estava surpresa e emocionada.

– Stephan, você sempre me surpreende. Claro que minha resposta é sim. Sim, eu quero me casar com você. Eu sempre sonhei com esse momento, mas não esperava que acontecesse em um lugar como esse. Estou muito feliz. Eu te amo muito.

Abraçou-o e o beijou.

Stephan acariciou o rosto dela e disse:

– Eu a amo demais. Estava esperando uma ocasião especial para lhe falar. E essa é uma ocasião especial e esse é um lugar especial.

– E você é especial.

Louise interrompeu-o com um beijo. Trocaram as alianças e então Stephan tirou uma garrafa de vinho que trazia dentro da mochila.

– Senhorita, não tenho taça para servi-la, mas o vinho é muito bom.

Beberam o vinho na mesma caneca. Então voltaram e encontraram o grupo todo acordado e conversando.

Leon olhou para os dois e foi sua vez de brincar:

– Pelo que vejo, o passeio lhes fez muito bem.

Stephan subiu em cima de uma pedra e com um ar solene anunciou:

– Senhoras e senhores, tenho a honra de comunicar que a srta. Louise Berger e eu estamos oficialmente noivos, e nos casaremos tão logo a gente volte à civilização.

Pegou a mão de Louise, beijou-a e mostrou a aliança para eles. Todos aplaudiram e cumprimentaram os noivos.

– Precisamos comemorar. Peguem suas canecas que o vinho vai rolar – disse Laurence e fizeram um brinde aos noivos.

Depois o restante do grupo também foi tomar banho no riacho. Primeiro foram as garotas e voltaram com flores e frutas que encontraram pelo caminho. Depois foram os rapazes e voltaram trazendo peixes. Fizeram fogo e assaram os peixes. Logo um belo jantar de noivado estava pronto para homenagear Stephan e Louise. Comemoravam o noivado e também a alegria de estarem todos bem e juntos novamente.

A noite foi chegando de mansinho e então apareceram as primeiras estrelas. Viram surpresos que no céu não havia uma, mas, sim, três luas cheias e as três estavam completamente alinhadas. A noite estava bem clara, pois as três luas espalhavam suas luzes cintilantes. Luna comentou:

– Não sei se é impressão minha, mas demorou tanto para anoitecer...

Leon respondeu-lhe:

– O tempo aqui é diferente, Luna.

Ele pegou sua gaita e começou a tocá-la. Fizeram um círculo ao redor da fogueira e ouviram Leon tocar. Mais tarde, Allan perguntou:

– Então Leon, o que faremos agora? Como voltaremos para casa?

– Calma, Allan. Preciso pensar. Amanhã conversaremos. Procure descansar agora.

O Pequenino
e a Fonte do Saber

Roger teve sua atenção atraída por um leve ruído de folhas pisadas não muito longe dali. Chamou Leon:

– Leon, há alguém ali atrás das árvores.

Apontou na direção de uma grande árvore. Todos olharam e viram um pequeno vulto sumindo no escuro. Jenniffer falou:

– Será algum animal?

William respondeu:

– Acho que não, pois andava sobre os dois pés, parecia gente.

Loren deu sua opinião:

– Talvez seja um daqueles homenzinhos que vimos no bosque coberto de neve.

Leon falou:

– É possível. Será que está nos vigiando?

George respondeu:

– Talvez, mas por quê?

Roger chegou a uma conclusão:

– Acho que deveríamos pegá-lo e descobrir o que quer da gente.

Todos concordaram e Leon falou:

– De repente, ocorreu-me a ideia de que se a gente fingir que está dormindo, talvez ele volte. Então o pegamos, mas cuidado, não podemos machucá-lo.

E deitaram-se e fingiram que dormiam. Depois de muito tempo, o pequeno vulto apareceu por entre as árvores. Aproximou-se pé ante pé. Chegou bem perto de Laurence. Parecia que o estava examinando.

De repente, Laurence o agarrou pelas pernas. Ele gritou e começou a debater-se. Laurence o segurava firmemente.

Leon falou:

– Tenha calma. Não tenha medo, nós não vamos machucá-lo. Só queremos saber quem é e o que quer de nós. Por que está nos vigiando?

Laurence o soltou, mas permaneceu a seu lado. Puderam observá-lo bem agora. Não tinha mais de 60 centímetros de altura. Tinha barbas brancas e os cabelos grisalhos, repartidos ao meio. Usava uma roupa engraçada. Tinha um colete de onde saía de um pequeno bolso, uma corrente de ouro que ficava pendurada. Ele tateou a corrente e tirou um relógio do bolso do colete. Verificou se estava em ordem e o guardou novamente. William perguntou:

– Por que usa esse relógio? Aqui ele de nada serve.

O homenzinho não respondeu. Olhou para uns papéis que tinha na mão, dobrou-os e os meteu no bolso. Ficou mais aliviado ao verificar que não perdera nada naquela confusão. Com um suspiro, sentou-se ao pé de um tronco e escondeu o rosto entre as mãos. Laurence continuava a seu lado. George aproximou-se:

– Não se sente bem?

Então ele levantou o rosto pálido e respondeu:

– Estou apenas descansando. Levei um tremendo susto, preciso me acalmar.

Virou-se para Laurence, que permanecia atento, com receio, que ele tentasse fugir.

– Não se preocupe, meu rapaz, eu não vou fugir. Preciso falar com vocês.

Voltou-se para os demais que formavam um semicírculo, sentados no chão:

– Eu os estava vigiando, pois queria ter certeza de que vocês não eram perigosos. Precisava muito lhes falar, mas estava esperando uma oportunidade. Eu e meu povo precisamos de ajuda. Gostaria que pudessem nos ajudar. Eu sabia que um dia vocês viriam...

– Do que se trata? Como poderemos ajudá-lo? E como sabia que viríamos?

Ele fez um esforço mental, revelado pelas rugas na testa. Parecia procurar as palavras certas, então começou a falar:

– Sentado aqui junto a esse fogo, eu penso em tudo o que já vi. Penso no tempo que se foi. Penso em como o mundo será. Há tanta coisa neste vasto mundo que nunca vi, e tantas outras que nunca chegarei a ver...

Fez uma pausa. Percebeu que estava divagando, fingiu que tossia e recomeçou:

– Bem, voltemos à questão. Tudo começou em um dia cinzento e frio. O vento açoitava os galhos despidos das árvores. Nuvens negras e baixas corriam esparsas. Todos usavam roupas pesadas e grossas, pois fazia muito frio, era inverno. Éramos um povo feliz. Vivíamos em paz. Havia na praça de nossa aldeia uma fonte onde nossas mulheres costumavam buscar água. Nesse dia os pássaros não cantaram e percebia-se algo de sinistro no ar. Algumas mulheres estavam na fonte quando eles chegaram. Eram terríveis. Vinham montados em seus cavalos e pegaram todas elas, uma a uma. Vasculharam as casas, roubaram as mulheres, tudo o que tínhamos e ainda incendiaram toda a aldeia. Os homens adultos foram mortos ou ficaram muito feridos. Eu fiquei bastante ferido, mas sobrevivi. Meu povo foi reduzido a um punhado de crianças e jovens que fugiram durante a invasão, escondendo-se na floresta, e aos homens feridos que sobreviveram ao massacre.

Leon o interrompeu:

– E quem eram eles?

O homenzinho respondeu:

– Eram os homens de Glérb, o terrível. Um homem cruel que só tem por medida o desejo de poder. Vive em um reino onde predomina o mal e ele é o principal responsável. Às vezes sai à caça e escraviza ou mata todos que encontra pelo seu caminho. Ele tem uma aversão especial às mulheres que, além de escravas, são tratadas de forma bastante cruel. Glérb tem sede de poder e busca o segredo do poder universal para se tornar o senhor do mundo.

Fez uma pausa e continuou:

– Mas também ele tem inimigos à sua altura. Não muito distante do seu reino, há outro reino governado por uma rainha de nome

Sharon. Dizem que é uma mulher linda, mas terrível. No seu reino há muitas guerreiras, verdadeiras amazonas, valentes e belas. Elas desprezam os homens, consideram-nos seres inferiores. Julgam que são eles os responsáveis pelo desequilíbrio do universo. Por isso são escravos.

Outra pausa e continuou:

– Os dois reinos estão sempre em luta pelo domínio de uma região onde ficam as ruínas de uma antiga civilização. Acreditam que lá se encontra a Fonte do Saber. Nessa fonte estaria o segredo do poder universal.

Leon falou:

– E como poderíamos ajudá-lo?

Ele respondeu fixando o olhar em Leon:

– Eu tenho um mapa que me foi dado por meu pai. Nele há a localização exata da tal Fonte do Saber que todos querem encontrar. Talvez lá se encontre uma forma de vocês poderem voltar ao seu mundo. Se me ajudarem, levarei vocês até lá.

Leon perguntou:

– Posso ver o mapa?

– Claro.

Tirou do bolso do colete um papel dobrado. Abriu-o e mostrou a Leon. Depois de examiná-lo, Leon falou:

– Está faltando um pedaço.

O homenzinho falou:

– Está, mas o pedaço que falta eu conheço bem. Sei onde fica e posso levá-los até lá.

– Por que nós o ajudaríamos? E como poderíamos ajudá-lo? Ainda não nos respondeu.

Ele o fitou bem nos olhos e respondeu calmamente:

– Solidariedade, talvez, ou talvez porque eu possa ajudá-los a encontrar seu amigo desaparecido. Ou ainda porque vocês não têm outra opção e lá talvez encontrem um jeito de voltarem para casa.

Leon perguntou ansioso:

– Como sabe sobre meu amigo? Onde ele está?

– Calma, eu o levo até seu amigo, mas primeiro vocês precisam me ajudar a libertar as mulheres do meu povo das garras de Glérb.

Nós somos pequeninos e não teríamos nenhuma chance, mas vocês são grandes como eles e inteligentes o bastante para descobrirem um meio de libertá-las. Para isso, primeiro precisamos encontrar um mapa sobre o qual meu pai me contou, que ensina o caminho para o Reino de Glérb. Esse mapa se encontra na tal Fonte do Saber, nas ruínas. Quanto ao seu amigo, eu vi quando o capturaram e sei para onde o levaram. Eu ouvi a conversa de vocês, por isso sei que o estão procurando. Seu amigo vestia essas roupas estranhas como vocês.

Leon acreditou no que ele contou e consultou o grupo a respeito. Todos concordaram que ajudar o homenzinho era a única chance que tinham de voltar para casa. Leon comunicou a decisão do grupo:

– Está certo, nós o ajudaremos, mas você nos leva até nosso amigo.

Ele sorriu e disse:

– Tem minha palavra.

Leon ainda falou:

– Só mais uma pergunta: como sabia que viríamos?

O homenzinho respirou fundo e contou:

– Há uma lenda entre meu povo que passa de geração em geração e que conta que um dia, quando as três luas cheias estiverem alinhadas, estrangeiros surgirão e entre eles estará o escolhido que vencerá o mal e restabelecerá o equilíbrio perdido do universo. E vocês são esses estrangeiros. Eu sinto isso.

E ficou em silêncio meditando. Um pouco depois foram todos dormir, pois partiriam logo que amanhecesse.

O dia amanheceu. Partiram. Leon ia à frente com Kim (era esse o nome do homenzinho). Andaram durante um bom tempo até chegarem a uma colina. Havia um túnel escondido pela vegetação em um dos lados da colina. Era nesse ponto que faltava um pedaço do mapa, mas Kim conhecia o caminho até o túnel, pois já estivera ali antes. Entraram no túnel e saíram no pátio de uma antiga construção. Era toda de pedra e estava em ruínas. O mato tomava conta de tudo. Kim consultou o mapa com Leon, pois do túnel em diante ele não tivera coragem de se aventurar. Diziam que aquele lugar era sagrado e era proibido pisar lá. Seu pai foi o único que teve coragem de pisar aquele chão.

Foram seguindo as indicações do mapa e passaram por vários corredores e desceram muitos degraus até que saíram em um lugar onde tudo indicava que já deveria ter sido um jardim. Então, em um canto desse jardim, oculto por um espesso arbusto e muitas ervas, havia uma escadaria que dava em um subterrâneo. Seguiram por um longo corredor escuro que tiveram de iluminar com suas lanternas até que finalmente avistaram uma porta. Abriram-na. Parecia ser um depósito de objetos fora de uso. A poeira acumulada sobre tudo dava uma ideia do tempo que aquilo estava abandonado. Em um dos cantos, atrás de uma pilha de caixas, encontraram outra porta. Essa segunda porta só foi possível ser encontrada por causa do mapa de Kim. Estava muito bem oculta no meio daquela confusão de caixas. Quando abriram a porta, ficaram boquiabertos com o que viram: uma grande biblioteca. "Então ali era a Fonte do Saber. Fazia sentido." Foi o pensamento de todos.

Era uma bela biblioteca, embora estivesse coberta de poeira. Havia um grande acervo de livros. Luna ficou maravilhada, pois adorava os livros. Viram em uma redoma de vidro vários livros empilhados. Um deles intitulado: *História do Mundo*. Perceberam que havia outros volumes com o mesmo título, porém em outros idiomas. Leon pegou um volume e o abriu. No índice havia títulos de toda a história conhecida do mundo, desde a Pré-história, passando pelo antigo Egito, o Império Romano, as duas grandes guerras mundiais, a Revolução Industrial, os conflitos em todas as partes do mundo, a Guerra Fria, mais conflitos e então Leon estremeceu: houve uma terceira guerra mundial. Abriu o livro na página onde se falava dessa guerra. Leu em voz alta para que todos pudessem ouvir. Todos ficaram chocados com a narrativa. Enfim, o homem acabou mesmo usando toda a sua inteligência para a destruição. A tão temida guerra atômica aconteceu. "Inteligência?" Foi o pensamento geral.

Mas a terra sobreviveu. Passou um longo tempo e tudo recomeçou. Houve um período de intenso desenvolvimento em todas as áreas, em especial na área tecnológica, onde o computador se aperfeiçoou a tal ponto que substituía o homem em todas as atividades. Depois disso não havia mais nada escrito. Leon fechou o livro e o recolocou em seu lugar. Pegou outro livro com uma encadernação diferente. Falava no mundo pós-terceira guerra. Leu para todos e à medida que lia ficava mais surpreso:

"*Houve uma terceira guerra mundial e, apesar das bombas atômicas, a Terra sobreviveu. A partir daí, como a Fênix, que renasce das próprias cinzas, o mundo civilizado renasceu e se desenvolveu em uma velocidade vertiginosa. A vida tornou-se boa durante algum tempo. Tudo passou a ser comandado por computadores e as pessoas quase não precisavam mais trabalhar e tinham mais tempo para se divertir. A miséria foi acabando, pois havia de tudo para todos. As doenças incuráveis não assustavam mais ninguém, tal o avanço da medicina, e as doenças mais comuns desapareceram, pois as pessoas tinham condições dignas de vida. A média de expectativa de vida triplicara.*

Então surgiram computadores que comandavam outros computadores. O aperfeiçoamento chegou a tal ponto que eles passaram a pensar sozinhos e a tomar decisões sempre baseados na lógica. Só que um ponto foi esquecido: computadores podem muito, mas não podem ter sentimentos. Esse erro foi fatal. Chegou o dia em que os homens se arrependeram de um dia o terem inventado. Passaram a ser dominados pela máquina literalmente, e de senhores passaram a escravos. Ninguém era feliz. Perderam a liberdade e a vontade de viver. Estavam presos, completamente dependentes da rede de computadores. Eles começaram a escravizar os humanos através dos meios de comunicação, fazendo uma verdadeira lavagem cerebral. Conseguiram mudar os valores, tornando as pessoas cada vez mais preocupadas consigo mesmas e principalmente com as aparências. Já não importava mais o "ser", e sim o "ter". Ter um corpo perfeito, ter roupas luxuosas, ter, ter, ter... Fizeram com que o sexo passasse a ser "o ópio do povo". Enquanto as pessoas se preocupavam em cultivar um belo corpo, enquanto se preocupavam em escolher suas roupas, em aprender danças tudo com o intuito de se tornar cada vez mais sexualmente atraentes, passaram a viver fora da realidade, cada vez mais alienadas. Voltaram a se matar na disputa de prestígio e poder, como já tinham feito muito tempo atrás. Enquanto isso acontecia, os computadores preparavam o terreno para o golpe final.

Mas, apesar de tudo, ainda existiam pessoas capazes de pensar por si mesmas. Eram alguns cientistas inconformados com o rumo que as coisas tomavam. Nessa época já se conhecia outros planetas com condições de vida semelhantes às da Terra. Em alguns existia vida, embora em um estágio ainda primitivo. Entre esses planetas, escolheram um que reunia as melhores condições de substituir a Terra, pois era semelhante em quase tudo. Planejaram então uma grande fuga. Existiam naves espaciais capazes de vencer as grandes distâncias entre os planetas. O grande problema seria fugir à vigilância do grande computador, ao qual todos os outros estavam ligados através da rede. Ele estava sempre atento. Os cientistas passaram a se reunir secretamente e começaram a dar forma ao seu plano de fuga. Por ironia do destino, as coisas voltaram-se a seu favor. Um deles, que era astrônomo e físico, descobriu que um grande meteoro tinha grandes possibilidades de vir a se chocar com a Terra. O grande computador ficou ciente e começou a analisar a questão. Ordenou que se preparasse uma grande nave para o caso de ser necessário evacuar o planeta. O acaso ajudou-os, pois poderiam agir livremente agora, já que estariam oficialmente cumprindo as determinações do grande computador. Prepararam a grande nave com tudo o que seria necessário para a grande mudança. Entre as coisas que entravam na nave eles iam colocando seus objetos pessoais e muitos livros, a maioria secretamente. Finalmente chegou o grande dia. Cada um reuniu sua família e amigos e se aprontaram para partir. Não podiam levar muita gente, mesmo porque a maioria da população estava robotizada. Eram mortos-vivos, escravos que não se importavam com mais nada além do próprio prazer. Estavam completamente dominados. Um dos cientistas era um gênio em informática e conseguiu causar uma pane na rede fazendo com que o grande computador ficasse por instantes sem comunicação com os demais, tempo suficiente para que partissem.

Vieram se instalar aqui em Arret, planeta bastante semelhante ao antigo planeta Terra. Uma das maiores diferenças é o fato de ter três satélites naturais em vez de um, que se alinham de tempo em tempo. Seu movimento de rotação e translação é muito mais lento e aqui existe um outro sol ao redor do qual o planeta gira. A média de vida aqui é pelo menos cinco vezes maior do que na antiga Terra. Os recém-chegados tiveram de voltar às origens, dedicando-se à agricultura e à pecuária, com as sementes e animais que trouxeram.

Construíram casas de pedra e deram início a uma nova civilização. No subterrâneo da casa principal construíram uma grande biblioteca e organizaram todos os livros que trouxeram de seu antigo planeta e os novos que foram escrevendo depois. Escolheram uma região desabitada do planeta para se instalar. Sabiam que existia vida nesse planeta, embora não tivessem tido oportunidade de identificá-la. Por isso preferiram ficar em um local mais ermo. Viveram longos anos em completo isolamento. Organizaram-se e viviam de forma tranquila e harmoniosa até que surgiu a peste. Ninguém sabe como, mas em pouco tempo dizimou toda a nossa população. Não pudemos fazer nada porque era uma doença desconhecida. Eu, que escrevo, sou um dos últimos a adoecer. Sei que não tenho mais muito tempo de vida, mas queria deixar nossa história registrada.

Aqui nessa biblioteca há muitos livros que contêm toda a história e os conhecimentos que a raça humana adquiriu através dos tempos. Se algum dia alguém os encontrar, não se esqueça de nossa triste história e não deixe que aconteça novamente o que já aconteceu uma vez. Cuidado com os computadores. Eles são perigosos, pois são capazes de pensar, mas não têm sentimentos. Muito cuidado! Do planeta Terra não sobrou nada. O choque do grande meteoro, que tinha sido previsto, aconteceu pouco depois da chegada de meus antepassados aqui. Meu avô ficou triste pela Terra, mas feliz por ter se acabado assim os computadores. Resta-me uma esperança: assim como meu avô veio do passado, quem sabe outro não virá um dia, e, conscientizando-se desse triste futuro que lhes aguarda, não possa voltar ao seu tempo e fazer alguma coisa para mudar seu futuro. É só uma esperança, mas foi o que me deu forças para escrever este livro.

Richard Palms"

Assim terminava o livro que Leon lia em voz alta para que todos ouvissem. Continuaram em silêncio por algum tempo ainda como que querendo compreender tudo o que tinham ouvido.

Luna exclamou, quebrando o silêncio:
– Que coisa horrível!
William colocou em palavras seu pensamento:
– Que coisa mais absurda! Nós estamos vivendo um presente que é o futuro do nosso futuro, que aqui já se tornou passado. E um triste passado.
O homenzinho, que prestara atenção a tudo calado, enfim falou:
– Então é isso. Esta é a grande Fonte do Saber. E para que serviu? Só para a destruição. É melhor que continue como está, fora do alcance de mãos inescrupulosas. Imaginem se Glérb sabe de tudo isso? E pensar que é por causa desses conhecimentos que só levam à destruição que os dois reinos vivem em guerra há tanto tempo.
Leon perguntou:
– Kim, gostaria de saber como descobriu esse lugar e onde arranjou o relógio que usa no colete.
Ele respondeu:
– Meu pai era aventureiro. Ele foi um pioneiro. As terras onde vivia com seu povo não eram mais férteis, então ele veio até essa região em busca de melhores condições de vida. Depois voltou para buscar todos. Desde então meu povo habita as terras que ficam próximas ao Bosque de Neve. Foi por acaso que ele descobriu esse lugar, em uma de suas andanças para explorar a região. Ele fez um mapa para não esquecer sua localização. Ele encontrou aqui mesmo, nesta biblioteca, um esqueleto de homem sentado em uma poltrona. Tinha na mão esse relógio. Então meu pai o enterrou na colina. O relógio ele guardou consigo por toda a vida. Antes de morrer, meu pai me contou essa história e me deu o mapa e o relógio. Eu nunca tive conhecimento do que continham os livros. Meu pai guardou esse segredo. Sempre tive curiosidade de saber o que continham, mas não tinha coragem de vir aqui sozinho, e não podia contar a mais ninguém do meu povo, pois tinha jurado manter segredo a meu pai. Um dia a curiosidade foi maior que o medo e aventurei-me. Cheguei até o túnel e então minha coragem sumiu. Entre meu povo circulavam histórias que falavam coisas horríveis desse lugar além do Bosque de Neve. Ninguém se atrevia a ir além dele. Para ir ao Bosque de Neve já era preciso muita coragem, só os mais audaciosos se aventuravam.

Dali em diante era um território proibido. Quando cheguei à entrada do túnel e vi aquela escuridão, o medo tomou conta de mim e voltei correndo. Nunca mais tive coragem. Quando os homens de Glérb invadiram minha aldeia, rasguei o início do mapa, pois tive receio de ele ir parar em mãos erradas. Até o túnel eu conhecia o caminho, não precisava constar no mapa.

Kim fez uma pausa e então tornou a falar:

– Precisamos encontrar o mapa que traz a localização do Reino de Glérb, do qual meu pai havia me falado. Ajudem-me a procurar.

Dividiram-se em grupos e começaram a procurar. George teve sua atenção voltada para os livros de medicina arrumados em uma grande estante cheia de prateleiras. Começou a consultá-los. Folheava alguns e depois os recolocava no lugar. Alguns eram conhecidos. Um deles prendeu sua atenção. Começou a ler. Estava tão absorvido que esqueceu tudo o mais ao seu redor. Em outro canto William inspecionava os livros de física e engenharia. Ficou maravilhado ante tantas novidades. Cada um deles voltou-se para os livros de seu interesse. Apenas Leon, Luna e Kim continuavam a procurar o mapa. Depois de um longo tempo, finalmente Luna o encontrou. Kim ficou radiante e falou:

– É esse. Agora já podemos ir.

Leon discordou:

–Ainda não, precisamos aproveitar a oportunidade.

Uma ânsia desesperada de saber os dominava naquele momento. Eram livros e mais livros: falavam das glórias dos tempos antigos, histórias de feitos grandiosos, de guerras, de invenções e de descobertas. Era um mundo fascinante de sonhos, fantasias e relatos verdadeiros nem sempre bonitos.

George falou a Leon com a voz carregada de emoção:

– Leon, preciso levar este comigo, você não imagina o que ele contém.

– Acho melhor que não, George.

– Mas, Leon, pense no que significará para todos. Quantas vidas poderão ser salvas, quanto sofrimento poderá ser evitado. Aqui simplesmente há a cura das piores doenças que afligem nosso mundo.

– Você tem razão, George. Leve-o.

William estava fascinado pela nova forma de energia que descobriu em um daqueles livros. Disse com o rosto resplandecente:
– Isso vai revolucionar o mundo.
Guardou o livro na mochila. George fez o mesmo. Roger pegou um sobre plantas medicinais. Ninguém poderia imaginar que plantas tão comuns pudessem curar doenças tão sérias. Depois de muito tempo passado examinando livros e mais livros, resolveram que era hora de voltar. Leon tinha o mapa e Kim uma cópia. Saíram deixando para trás a Fonte do Saber. Traziam consigo um pouquinho dela, um tesouro de valor incalculável.

Passaram pelo túnel e chegaram à colina. Leon quis passar pelo túmulo de Richard, o autor do livro que leu e cujo conteúdo perturbou a todos. Fizeram juntos uma oração pela alma dele. Allan, Karen e Estevão participaram contrariados, pois eram ateus. William ficou emocionado e jurou que nunca esqueceria a história de Richard e que não deixaria tudo acontecer outra vez. Permaneceram por alguns instantes em silêncio e depois foram embora.

Andaram calados durante todo o caminho de volta. Cada um mergulhado dentro de si mesmo, analisando tudo quanto tiveram conhecimento. Era fantástico demais, difícil de acreditar.

Chegaram de volta à floresta. Fizeram uma fogueira, pois começava a anoitecer. O dia tinha sido literalmente longo, pois ali o dia durava bem mais tempo, sinal de que o planeta tinha uma lenta rotação em torno de seu próprio eixo. Mas verificaram que, apesar de o dia ser longo, a noite era relativamente curta. Talvez houvesse mais de um sol a iluminar o planeta.

Comeram alguma coisa, pois só então se deram conta de que ainda não tinham comido nada desde que saíram pela manhã. Foram tantas descobertas e emoções que até se esqueceram de comer. Stephan falou a Leon, preocupado:
– Leon, nossos mantimentos estão acabando. O que faremos?
Antes que Leon respondesse, o homenzinho falou:
– Não se preocupem. Aqui o que não falta é comida. Temos muitos peixes e frutas. Além disso, existe uma pequena fruta que mostrarei a vocês amanhã, que é uma maravilha. Chama-se kisats,

basta uma delas para suprir todas as necessidades nutricionais diárias de uma pessoa. George e Roger ficaram muito interessados e conversaram mais com Kim a esse respeito.

Leon e Luna sentaram-se a um canto e começaram a ler novamente o livro de Richard Palms. O livro era todo manuscrito e percebia-se que, quanto mais chegava próximo do fim, mais a letra ia ficando irregular, como se a pessoa que o escrevesse fosse ficando com muita pressa. Leon percebeu, sob a capa, uma ponta de papel. Puxou a ponta e saiu um envelope. Dentro dele havia duas fotografias: em uma, um senhor de terno com o relógio pendurado no bolso do colete por uma corrente estava junto a um menino moreno. Na dedicatória atrás, estava escrito: "Para o meu querido avô William, uma lembrança do seu netinho William". A data era de 22 de julho de 1969. Na outra fotografia, o mesmo senhor, vestido de maneira diferente, mas com o relógio no bolso, com a corrente pendurada, estava junto a um menino bem pequeno e lourinho. Atrás estava escrito também uma dedicatória: "Para o meu avozinho William Palms, uma lembrança com carinho do netinho Richard Palms". A data era: 14 de março de 2303. Leon ficou sem entender nada. O mesmo senhor com um neto em 1969 e depois com outro neto em 2303. Luna também estava surpresa.

De dentro do envelope tirou uma folha de papel dobrada, parecia uma carta. Estava endereçada a: "Meu querido neto Richard". Leon leu-a para Luna:

"*Meu querido neto:*

Sinto minhas forças se esgotando. Não demorarei a partir deste mundo e gostaria de lhe contar alguns fatos da minha vida. Infelizmente você ainda é muito pequeno para que eu possa lhe contar tudo pessoalmente.

Não fique triste por mim, pois eu vivi muito mais que qualquer um ser humano de onde eu vim poderia viver.

Acho melhor começar do início: em 1969, eu tinha 60 anos, era um professor de Física aposentado, mas que continuava a trabalhar em pesquisas em uma universidade. Sempre adorei histórias sobre máquinas do tempo e então resolvi estudar Física e pesquisar a fundo a relação tempo-espaço, quem sabe um dia eu não poderia viajar através do tempo?

Um dia, fazendo pesquisas na Universidade, fui até a antiga biblioteca do campus. Procurando alguns livros antigos, encontrei um que falava de outras dimensões de tempo e espaço. Li-o atentamente e descobri referências a uma antiga pesquisa interrompida repentinamente pelo desaparecimento misterioso do seu jovem pesquisador. Descobri um velho arquivo onde ficavam engavetadas todas as pesquisas interrompidas. Examinei uma a uma até achar a que eu procurava. Falava de uma montanha chamada Montanha Azul, situada em uma região chamada Alphaville, em Fireland. Dizia que nessa montanha existia uma dessas "portas para outras dimensões". Então, apesar de minha idade e de um problema de saúde que não tinha cura nessa época, e pelo qual eu estava condenado a morrer brevemente, resolvi arriscar-me. Organizei uma pequena expedição e arranjei como pretexto uma pesquisa qualquer. Meus filhos Robert e Susan fizeram de tudo para me fazer mudar de ideia. Nem mesmo meu adorado netinho William, filho de Susan, me fez mudar de ideia. Minha esposa Marian já havia falecido e eu era apenas um velho sem muitas expectativas de vida. Não tinha nada a perder. E se realmente fosse verdade, quem sabe o que eu encontraria... E assim parti. Foi uma viagem longa e difícil. Gastei todos os recursos que tinha. Contratei alguns alpinistas experientes para me levarem até o topo da montanha. Houve trechos em que precisei ser carregado, pois não tinha forças para escalar os altos paredões. Mas com firme determinação, finalmente consegui. Então precisava esperar a virada da lua, que, segundo eu sabia, aconteceria naquela noite. A tal pesquisa dizia que para abrir a porta para outra dimensão era necessário um conjunto de coisas: primeiro o lugar, que era o topo da Montanha Azul, não sei por qual motivo; também era necessário que a lua estivesse cheia; e por último era preciso tocar uma determinada sequência de notas musicais. As pessoas da expedição não queriam passar a noite ali por causa do frio, mas consegui convencê-los de que era estritamente necessário para a minha experiência que se esperasse pela lua cheia. Como último argumento prometi-lhes uma boa recompensa em dinheiro (estou lhes devendo até hoje). Foi o bastante para convencê-los.

Então, depois da hora prevista para a mudança de fase da lua, comecei a tocar minha flauta. Levantei-me e dei alguns passos. As pessoas que estavam comigo não entendiam nada. No mínimo julgaram-me um louco. De repente pareceu-me que o chão desaparecia sob meus pés e eu caí em um buraco fundo e escuro. Tinha a sensação de estar descendo em um grande escorregador em espiral, invisível. Descia a grande velocidade. Subitamente a velocidade foi diminuindo, até que parei suavemente no chão. Encontrei-me em um bosque coberto de neve. Andei a ermo até que achei um túnel. Atravessei-o e saí em uma linda floresta. Descansei um pouco e recomecei a andar. Andei durante muito tempo até avistar uma colina. Aproximei-me. Começou a chover de repente e então procurei abrigar-me em um monte de arbustos, no pé da colina. No meio dos arbustos descobri a entrada de um outro túnel. Segui por ele e cheguei a um pátio grande, de uma casa enorme toda feita de pedras. Alguns homens vestindo longas túnicas brancas me viram e se aproximaram. Levaram-me à presença de seu líder. Era um homem grisalho e simpático chamado Kevin. Convidou-me a sentar próximo a ele. Conversamos muito e eu lhe contei toda a minha história. Ele reuniu-se com três outras pessoas e depois disseram-me que eu poderia ficar, se quisesse. Então passei a viver com eles. Fiquei muito feliz, pois ali não sentia a idade que tinha. Era como se tivesse rejuvenescido. A doença que eu tinha foi curada após eu tomar um remédio preparado por eles, à base de plantas. Eu era um novo homem. Trabalhava com gosto. Estudava muito e aprendia coisas que nunca imaginava que pudessem existir. Tínhamos uma vida tranquila e muito simples, onde todos se ajudavam e se respeitavam. Então conheci Ingrid, uma bela mulher da nossa comunidade. Apaixonamo-nos, casamos e tivemos um filho, Michael. O tempo passou, meu filho cresceu e se casou com sua mãe, Ariane, e então você nasceu. Durante todo esse tempo vivi feliz nessa comunidade perfeita. Mas mesmo aqui onde o tempo passa mais lentamente, ele não para. Ingrid morreu e minha vida sem ela perdeu o sentido. Quero encontrá-la. Sei que há outra vida além desta e não tenho medo de morrer. Antes de partir, porém queria que conhecesse sua própria história. Agora que você conhece minha história, gostaria que conhecesse também a história de sua avó Ingrid e dos seus avós maternos. Os três viviam aqui nessa comunidade quando cheguei e também têm uma história e tanto para contar. Para conhecer essa história quero, que vá até a biblioteca que fica no subterrâneo atrás do jardim principal. Há uma escadaria escondida por trás de alguns arbustos. Vá até lá com cuidado, pois como você já saberá a esta altura da sua vida, é proibida a entrada nessa biblioteca. A razão dessa proibição é que os anciãos não querem que os mais jovens conheçam a história de sua origem porque é uma história triste e eles têm medo que possa se repetir. Os jovens são muito aventureiros, audaciosos e geralmente não confiam na experiência dos mais velhos. Querem descobrir por si mesmos coisas que já foram antes descobertas, e que muitas vezes têm um fim trágico. Mas confio em você, meu neto, sei que saberá usar os conhecimentos que vier a adquirir de forma sensata. Há um livro guardado dentro do armário fechado (é o único armário fechado), que foi escrito por Pierre Vallier, o primeiro líder, e que conta toda a história da nossa comunidade, desde sua origem. Ele explica como e por que a comunidade foi fundada. Leia e compreenderá por que o acesso a essa biblioteca é proibido e só os mais velhos têm conhecimento de sua existência.

Há outra coisa que precisa saber: nossa comunidade não é a única. Embora vivamos em total isolamento, existem dois reinos além do grande rio. Um dia, apareceu às margens do grande rio um guerreiro muito ferido. Ele não se lembrava de como tinha vindo parar ali. Nós o trouxemos para cá e o tratamos. Aos poucos sua memória voltou, então ele nos contou que estava em uma batalha entre os reinos de Glérb, o terrível, e de Sharon, a amazona. Os dois reinos viviam em conflito há muito tempo e a razão da disputa era justamente a posse das terras além do Grande Rio, ou seja, nossas terras. Havia uma lenda sobre uma tal Fonte do Saber que existiria em algum lugar naquelas terras. Os dois reinos queriam sua posse. A tal Fonte do saber, é claro, só pode ser nossa biblioteca. Não sabemos como ficaram sabendo disso. De concreto tínhamos o perigo de mais dia, menos dia nos descobrirem e terminarmos escravos de um ou outro reino, se não nos matassem primeiro. O tal guerreiro não suportou a gravidade dos ferimentos e acabou morrendo.

Tivemos de tomar precauções. Para nos alcançarem, precisariam vencer uma grande distância, transpor vales e colinas até chegar ao grande rio. Há ainda uma alta montanha como obstáculo e o Grande Rio que nesse trecho é muito perigoso por causa das corredeiras, sendo sua travessia impraticável. Havia ainda o caminho que passa pela terra dos pequeninos. Aí estava o maior perigo. Embora fosse um caminho muito bem escondido, não era difícil. Toda essa exploração foi feita por mim e mais um grupo de homens. Nós nos aventuramos por regiões desconhecidas a fim de trazermos informações sobre a localização dos reinos mencionados pelo guerreiro moribundo, para que pudéssemos nos preparar e evitar surpresas no futuro. Até então não sabíamos que Pierre Vallier, o fundador da comunidade, já tinha feito essa viagem e fizera mapas. Só mais tarde tivemos conhecimento disso. De qualquer maneira, a viagem foi proveitosa. Um dia dois homenzinhos, desses que vivem além do bosque coberto de neve, chegaram perto daqui. Nós os assustamos e fizemos com que voltassem para casa contando coisas horríveis desse lugar. Assim evitaríamos a vinda de outros.

Construímos outro túnel, além daquele que vai do pátio até o sopé da colina, para podermos fugir caso fosse necessário. Como as casas ficam no alto da colina, temos uma visão privilegiada. Podemos observar alguém se aproximando a uma grande distância. A partir de então, ficava sempre alguém de vigia. Até hoje não tivemos mais problemas.

Quero que saiba que existem outras portas para outras dimensões. Uma delas é a que fica na Montanha Azul; outra, é a que fica dentro do reino das amazonas. O lugar exato não sei dizer, mas caso algum dia, por algum motivo, você queira descobrir, procure o velho da Floresta Sagrada. É um sábio que conhece e sabe tudo. A Floresta Sagrada fica entre os reinos das amazonas e o de Glérb. Entre os mapas existentes na biblioteca existe um dessa região, feito por Pierre Vallier, que contém a localização exata.

A porta dimensional só abre quando as três luas estão completamente alinhadas, quando há vibrações sonoras causadas por determinadas notas musicais e só em locais determinados, como no caso da Montanha Azul. Mas muito cuidado, porque para chegar à Floresta Sagrada é preciso passar pelo Reino de Glérb, o terrível. Seu nome já diz tudo.

Por fim, gostaria de lhe explicar que, embora eu pudesse, não quero procurar essa outra porta dimensional. Ingrid partiu e sem ela minha vida perdeu o sentido.

Se pudesse, gostaria de ter notícias dos meus outros filhos, Robert e Susan, e do meu querido neto William, a quem amo muito e que deixei no mundo de onde vim.

Aprendi uma grande lição nesta vida e gostaria de passá-la a você. O homem é inteligente e pode fazer muitas coisas, descobrir novas fronteiras, passar a outras dimensões, mas ainda assim continua sendo a criatura e não o Criador. E de tudo o que eu vivi, o que realmente valeu a pena e pelo qual eu desejo morrer é o amor.

Quero que saiba, Richard, o quanto amo você e seu pai. Esse sentimento levarei comigo para onde eu for. Um dia, quando você crescer, compreenderá tudo isso que estou dizendo.

Estude muito e, se quiser continuar minhas pesquisas, encontrará todas as minhas anotações em uma caixa que deixarei aos cuidados de seu pai, junto com esta carta.

Eu o abençoo, meu querido neto. Espero que seja muito feliz. Quem sabe algum dia, em algum lugar, a gente se encontre novamente.

Com carinho, seu avô
William Palms
Vallier, 6 de novembro de 2304."

Leon empalideceu ao ler a carta. Virou-se para Luna e disse:

– Não posso acreditar, mas ao que parece esse sr. William Palms é o avô do nosso William.

– O quê? Está brincando comigo, Leon?

– Claro que não. Precisamos mostrar isso ao William para ter certeza.

– Porque você acha que é o avô do William?

– William contou a história do seu avô para mim e para o Ruddy. Ele contou que seu avô era físico e, apesar de aposentado, continuava a fazer pesquisas. Ele andava doente e mesmo assim resolveu partir em uma expedição para as Montanhas Azuis. Disse aos filhos que estava trabalhando em uma importante pesquisa e precisava fazer uma experiência nesse lugar. Gastou boa parte de suas economias e organizou uma expedição. Chegou ao topo da Montanha Azul e depois desapareceu. As pessoas que o acompanhavam não entenderam o que tinha acontecido. Foi o primeiro caso de desaparecimento na Montanha Azul publicado pela imprensa. Depois desse, houve outros casos até o mais recente, o de Ruddy. Ruddy trabalhava no mesmo departamento onde tempos atrás o prof. William Palms trabalhou. Ruddy também se interessava pelas teorias que diziam serem possíveis as viagens pelo tempo. Ele descobriu algumas anotações do prof. Palms, daí seu repentino interesse de escalar a Montanha Azul.

– As coisas começam a fazer sentido. Vamos, precisamos ter certeza. Só William poderá confirmar – falou Luna, ansiosa.

Aproximaram-se de William, que estava concentrado lendo o livro que trouxera da biblioteca. Leon sentou-se ao seu lado. Luna sentou do outro. Então Leon mostrou-lhe primeiro a foto de 1969. William ficou surpreso:

– Onde conseguiu essa foto, Leon? É meu avô William, meu pai e eu quando tinha cinco anos.

– Você tem certeza William?

– Claro que tenho, meu pai tem a foto original no nosso álbum de família.

Virou a fotografia e leu a dedicatória atrás.

– Diga-me, Leon, onde conseguiu essa fotografia? – William repetiu a pergunta bastante ansioso.

Leon respirou fundo, criando coragem para lhe revelar o que tinha descoberto.

– William, eu encontrei essa carta dentro do livro escrito por Richard Palms, lá na biblioteca. É aquele livro que conta a história dessa comunidade que desapareceu tragicamente. Juntamente com a carta havia essa fotografia. Quero que leia a carta e então compreenderá tudo.

Leon lhe entregou as folhas dobradas. William abriu-as com as mãos trêmulas e começou a ler. À medida que lia, ficava cada vez mais pálido. De repente, começou a chorar emocionado. Exclamou:

– Meu Deus! É do meu avô!

Os soluços embargavam-lhe a voz. Depois de algum tempo, ele se acalmou. Leon falou:

– Você compreendeu tudo, William? Seu avô sabia da Montanha Azul. Ele viveu aqui.

– É inacreditável. Eu sempre tive muito orgulho de meu avô, mesmo não o conhecendo bem. Quando ele desapareceu, eu ainda era muito pequeno. Estudei Física e quis ser professor como ele. Nunca soubemos o que aconteceu com ele. Seu desaparecimento nunca foi esclarecido.

– William, eu quero que isso permaneça em segredo entre nós três, pelo menos por enquanto. Não quero que Allan, Karen e muito menos Estevão fiquem sabendo dessa história. A existência de outra porta dimensional talvez seja nossa chance de voltar para casa – disse Leon, preocupado.

William perguntou:

– E quanto ao mapa do caminho até a Floresta Sagrada?

– Kim está com os mapas. Não precisamos contar nada a ele por enquanto. Não sabemos se podemos confiar nele. De qualquer forma, ele tem interesse em chegar ao Reino de Glérb para libertar as mulheres do seu povo, por isso até lá arranjarei uma maneira de ficar com o mapa.

Luna perguntou:

– E como vamos libertar as mulheres do povo de Kim? Se Glérb é assim tão terrível, como o enfrentaremos?

Leon respondeu com segurança:

– Usaremos a arma mais poderosa de que dispomos: nossa inteligência. A inteligência supera a força.

William e Luna concordaram com Leon.

Leon então sugeriu:

– Agora, é melhor nos juntarmos ao grupo ou poderão desconfiar de alguma coisa. Vamos planejar juntos o que faremos a seguir, depois que chegarmos ao Reino de Glérb.

Reuniram-se. Leon quis saber de Kim tudo o que ele sabia sobre o Reino de Glérb.

Kim contou tudo o que sabia. Era pouco, mas serviu de alerta para o perigo que enfrentariam.

– Os guerreiros de Glérb são fortes, valentes e violentos, mas não são muito inteligentes. Usam espadas e armaduras.

– Como os cavaleiros da Idade Média – interrompeu Loren.
– O que é isso?
– Depois lhe explico, Kim. Agora continue – falou Leon.
– Bem, tudo o que sei é que há muito tempo está em luta contra o reino de Sharon, a amazona. No Reino de Glérb as mulheres são escravas. São maltratadas e humilhadas. Sofro só de pensar no que elas podem estar passando agora. No Reino das Amazonas ocorre o inverso, lá os homens é que são escravos. Um odeia o outro e a disputa entre eles não se resume à luta pelas terras além do Grande Rio, onde fica a Fonte do Saber. É algo que transcende isso. Ambos são perigosos, e pobres daqueles que caem em suas mãos.
– Bem, faremos o seguinte...
Leon expôs suas ideias. Passaram um longo tempo planejando tudo em detalhes. Depois fizeram uma refeição.
Anoitecia. No céu, muitas estrelas brilhavam e as luas já não estavam tão cheias e alinhadas. Resolveram descansar, pois o dia foi literalmente longo. Estavam muito cansados, pois andaram muito e tiveram grandes emoções.
O dia amanheceu radioso. Tomaram banho no rio antes de seguirem viagem. Karen, sentada em uma pedra, penteava os cabelos visivelmente irritada. Allan aproximou-se dela.
– Está pronta, meu bem?
– Quase. Allan, não estou suportando mais isso. Não paro de pensar um só instante na minha linda e confortável casinha. Quero tomar um banho decente, quero roupas decentes. Quero comer em um bom restaurante e dormir no conforto da minha cama. Quero voltar para casa!
Karen começou a chorar descontrolada.
– Calma, meu bem. Logo, logo estaremos de volta. Não se preocupe. Pensei que você fosse gostar da viagem. Não podia imaginar que acontecesse uma coisa dessas. Eu sinto muito.
Assim, Allan conseguiu acalmar a mimada Karen. Não muito longe dali, Roger e Elise estavam muito ocupados terminando de coletar material para suas pesquisas.

Fizeram uma refeição com o resto dos mantimentos que traziam. Dali para a frente, teriam de arranjar sua própria comida.

Kim falou:

– Vamos colher kisats para levarmos na viagem. Caso não se consiga outro tipo de alimento, é o quanto nos basta. Venham, vou mostrar qual fruta é.

Kim pegou umas frutinhas de um pequeno pé e mostrou-as. Então todos ajudaram a colher as frutas. Pegaram uma boa quantidade e guardaram em suas mochilas.

A Fuga do Reino de Glérb

    Iniciaram o caminho que os levaria ao Reino de Glérb. Andaram em silêncio um longo trecho. A floresta ficou para trás. Subiram uma pequena colina. Desceram-na. Sempre se guiando pelo mapa, voltaram a andar seguindo as margens do Grande Rio. A paisagem começou a mudar rapidamente. As margens do rio tornaram-se altas e pedregosas e a água, barrenta. O acesso estava ficando mais difícil. O vento balançava as folhas das árvores, que se tornavam cada vez mais raras. Começaram a se afastar das margens.

    Andaram por mais um longo trecho, então o terreno foi ficando árido e pedregoso, seco e desolado. Aqui e ali viam-se grandes pedras. Não se via um único ser vivo. A paisagem era desoladora e sombria.

    Kim e Leon consultaram o mapa. Kim falou:

– Aqui é o Vale Sombrio.

Stephan brincou:

– Não precisa dizer por quê.

    De repente, do meio de algumas pedras saiu uma grande serpente. Avançou para Luna na intenção de dar o bote. Leon viu a tempo de puxar Luna bruscamente e evitar o bote. Por um triz a serpente não atinge Luna. Os rapazes jogaram pedras na serpente, que conseguiu fugir metendo-se por entre as pedras. Luna deu um suspiro de alívio. Leon abraçou-a.

– Tudo bem, Luna?

– Graças a você, sim. Obrigada.

Beijaram-se.

Continuaram a caminhada. A paisagem mudava de novo. Estavam penetrando em outra floresta. Cansados e com os pés doloridos, pararam para uma refeição à base de kisats e outras frutas silvestres que encontraram pelo caminho. Descansaram um pouco. Kim e Leon consultaram o mapa novamente. Kim falou:

– Temos de encontrar o riacho que deságua no Grande Rio. Na próxima etapa voltaremos a seguir o curso do Grande Rio.

Um pouco mais abaixo surgiu uma fonte cristalina. Do meio das pedras jorrava uma água límpida e fresca.

Stephan falou:

– Bem na hora, pensei que morreríamos de sede.

Beberam muita água, lavaram-se e encheram os cantis. Andaram mais um pouco e ouviram o som de água correndo. Kim se adiantou:

– Deve ser o riacho, vamos.

Atravessaram uma mata fechada e finalmente viram o riacho. Laurence desceu a ribanceira correndo e se jogou na água. Os outros o imitaram. Fizeram uma festa. Leon comentou com Luna:

– Segundo o mapa, temos de seguir margeando este riacho que deságua no Grande Rio.

Depois de algum tempo de descanso, retomaram o caminho. Antes, porém, Leon alertou a todos que tomassem muito cuidado, pois segundo o mapa estavam se aproximando do Pântano Negro. Era uma região solitária, tenebrosa e cheia de perigos. Foram andando uns atrás dos outros. Kim e Leon iam à frente. Começava de fato o terreno pantanoso. Havia grandes trechos alagados e muitos juncos. Era difícil caminhar. De vez em quando o pé afundava na lama. Os espinheiros os feriam por mais cuidado que tivessem. Os insetos os incomodavam. Elise apanhou alguns para estudo. O mesmo fazia Roger com plantas de espécies diferentes que encontrava. Ao longe, a cerração cobria os pântanos, dando um ar tenebroso ao lugar. Entardecia.

Leon estava preocupado. Precisavam encontrar um local seguro para passarem a noite.

Finalmente saíram do pântano. Foi um alívio para todos. Ao longe, avistaram uma pequena montanha. O riacho serpenteava ao seu redor. Leon resolveu que subiriam a montanha e ali passariam a noite. Pela manhã, seria um excelente ponto de observação. Precisavam se localizar e saber a que distância estavam do Grande Rio. Ainda restava algum tempo antes de começar a escurecer. Se apressassem o passo, chegariam lá em cima antes do anoitecer. Apesar de todo o cansaço, da sujeira, das picadas de insetos, dos ferimentos causados pelos espinhos, eles aceleraram a marcha.

Chegaram ao alto da pequena montanha. O sol mergulhava atrás das montanhas ao longe e as sombras se aprofundavam nos bosques lá embaixo. Próximo às montanhas, via-se o Grande Rio serpenteando. Em suas águas refletiam-se os últimos raios de sol. O céu ficou avermelhado e então o sol se pôs. A cena era belíssima. Apesar de estarem muito cansados, não puderam deixar de apreciar a paisagem deslumbrante. Laurence não economizou filme. Filmou e fotografou tudo.

George e William foram catar lenha para a fogueira. Louise e Stephan foram ajudá-los. Em um instante a fogueira foi acesa e o fogo crepitava. Comeram kisats e outras frutas silvestres.

Escureceu de vez. Lá em cima fazia frio e precisaram vestir seus agasalhos. George fez curativos nos ferimentos causados pelos espinhos nos companheiros. Jeniffer e Luna o ajudaram. Estavam muito cansados e trataram de dormir. No céu, poucas estrelas eram visíveis por causa das nuvens. As três luas cintilavam frias e distantes umas das outras. Apenas Leon e Luna permaneciam acordados. Estavam sentados junto à fogueira. O reflexo vermelho do fogo tremulava em suas faces. Tudo parecia tranquilo e imóvel. Conversaram mais um pouco a respeito dos últimos acontecimentos e depois de trocarem alguns beijos dormiram.

O dia amanheceu bonito. Viram as linhas finas e sinuosas que encontravam-se no Grande Rio mais à frente. Vários pequenos rios desaguavam e iam aumentando o tamanho do Grande Rio.

Leon acordou cedo. Luna e Kim também. Kim olhou com atenção à sua volta e falou:

– Um excelente ponto de observação. Creio que não estamos muito distantes.

Leon concordou:

– Segundo o mapa, o Reino de Glérb deve ficar logo atrás dessas montanhas que avistamos daqui.

Luna perguntou:

– Como vamos atravessar o Grande Rio?

Louise, que nesse meio-tempo tinha acordado e se aproximado dos três, ouviu a pergunta de Luna e respondeu:

– Se não estou enganada, o Grande Rio deve diminuir de tamanho logo após aquelas montanhas. O que torna um rio grande são os pequenos rios que nele deságuam, como esses que estamos vendo daqui. A maioria deles nasce nas montanhas.

Leon concordou:

– Acho que Louise tem razão. Precisamos continuar seguindo o riacho até o ponto onde deságua no Grande Rio. Depois seguiremos pelas suas margens até aquela montanha. Teremos de transpô-la. Do outro lado encontraremos um ponto onde seja possível atravessá-lo. Se partirmos logo, poderemos alcançar a montanha ainda hoje.

Leon consultou o mapa novamente e falou:

– Até escurecer novamente, se mantivermos um bom ritmo de marcha, alcançaremos o Vale do Sol, que fica bem próximo ao Reino de Glérb. Se não se importa, Kim, ficarei com o mapa.

– Claro que não, pode ficar com você. Agora, acho melhor chamarmos nossos amigos se quisermos chegar ao Vale do Sol antes de anoitecer.

Todos prontos, partiram. Ainda era bem cedo. No ar frio da manhã podia-se sentir um leve aroma de flores silvestres. Aqui e ali, pequenos arbustos floridos enfeitavam a manhã. Deram uma última olhada na bela paisagem vista ali do alto. O Grande Rio sinuoso, cheio de pequenos braços, brilhava à luz do sol seus reflexos dourados. O verde das florestas tinha um tom muito vivo e o céu estava muito azul. Um dia lindo.

Kim ficou para trás. Permanecia parado olhando para a direção oposta a que estavam seguindo. Leon deu por sua falta e voltou.

– O que houve, Kim?

Kim tinha uma expressão séria e levou alguns segundos para responder com um ar grave:

– Precisamos nos apressar, porque se aproxima uma tempestade.

Leon olhou na direção que Kim apontava. Embora estivesse um dia muito claro, ao norte, muito longe, percebia-se muitas nuvens. Não parecia que fosse haver tempestade, mas Kim sentia sua proximidade, pois conhecia muito bem a natureza. Falou ainda:

– É bom que levemos alguma lenha conosco. Se chover teremos lenha seca para a fogueira.

Leon concordou. Falaram com os outros e todos se mobilizaram para conseguir lenha, água e frutas. Desceram a pequena montanha e passaram por um terreno de ravina. Logo alcançaram o riacho. Seguiram pela margem até o encontro com o Grande Rio. Na margem oposta, viram pequenos riachos desaguando no Grande Rio. Passaram por dentro de uma floresta, sempre seguindo o curso do rio. Enfim chegaram ao sopé da montanha registrada no mapa. Naquele trecho o rio contornava a montanha e diminuía de tamanho, mas a correnteza era muito forte, sendo impossível atravessá-lo.

Subiram a montanha. Observaram pelo caminho as nascentes de alguns riachos. Aproveitaram para encher os cantis com água fresca. Luna ficou admirada ao ver o nascimento de um rio: um filete d'água brota no meio das pedras, vai seguindo seu curso, encontra-se com outros, vai aumentando de tamanho até formar um rio.

Chegaram ao topo da montanha. Lá do alto viram um grande vale lá embaixo. Viram algo que não dava para distinguir bem, mas pareciam montes de pedras. Mais para o lado viram o Grande Rio que se tornava cada vez mais fino à medida que se afastava da montanha, cortava o vale, se aproximando de grandes colinas ao fundo.

Leon falou apontando para a linha fina e sinuosa ao longe:

– Olhem, Louise estava certa, mais adiante o Grande Rio está bem menor. Talvez possamos atravessá-lo em algum ponto próximo àquelas colinas. Segundo o mapa, o Reino de Glérb fica um pouco depois.

Ao descerem a montanha, deram em um caminho onde havia uma encruzilhada. Consultaram o mapa e naquele ponto havia um borrão que não permitia distinguir qual o caminho a se tomar. Poderiam se perder, pois nem mesmo Kim conhecia aquela região. Não era possível avistar o rio, sua única orientação. Mas

Leon era experiente e tinha observado a direção em que corria o rio em relação à posição do sol. Não estava perdido. Kim olhou-o com profunda admiração:

– Uma simples observação que fez toda a diferença. Admiro você, Leon.

Leon sorriu. Seguiram na direção apontada por ele. O medo já rondava alguns deles. Com pouca água e comida, em um lugar ermo daqueles e com uma tempestade aproximando-se, havia motivos de sobra para preocupação. Era uma questão de vida ou morte a escolha do caminho certo. O silêncio absoluto que se impunha foi quebrado ao avistarem aliviados o rio. Deram uma pequena parada para descansar e se alimentar. Karen dizia não aguentar dar mais um passo.

Leon falou a todos:

– Sei que estão todos cansados, eu também estou, mas precisamos encontrar abrigo para passarmos a noite. Além do mais, Kim tem razão sobre a tempestade. Olhem para trás e vejam como as nuvens vêm rápido nessa direção.

Todos olharam e viram nuvens escuras, carregadas, que se aproximavam. O vento começou a soprar mais forte. Seus cabelos remexiam-se ao sabor do vento. Luna, que os tinha bem compridos, deu um jeito de prendê-los no alto da cabeça, assim não atrapalhavam sua visão. Avistaram um bosque. O rio passava por dentro dele. Continuaram seguindo pela margem. O vento soprava mais forte agora. Folhas e pequenos galhos voavam levados pelo vento. Leon falou para o grupo:

– É melhor procurarmos mais alguma coisa para comermos, pois se a chuva cair como está ameaçando, é bom estarmos prevenidos.

Dividiram-se em pequenos grupos e foram procurar água, frutas e mais lenha. Em pouco tempo estavam todos de volta carregados. Apenas Stephan e Laurence não apareciam. Leon já estava preocupado, pois os trovões soavam cada vez mais perto. Um pouco depois apareceram os dois trazendo três peixes grandes nas mãos. Stephan estava contente:

– Finalmente vamos ter uma refeição de verdade.

Leon disse:

– Se querem mesmo uma refeição de verdade, é bom a gente se apressar.

Relâmpagos clareavam o céu. O barulho dos trovões assustava. Andaram o mais rápido que podiam. Saíram do bosque e deram em um descampado. Havia ruínas de antigas construções de pedra e um pedaço de muro também feito de pedra. Era isso que tinham avistado do alto da montanha, mas que não tinham conseguido identificar. Uma dessas construções estava quase inteira, faltando apenas uma das paredes. Um clarão riscou o céu e um forte trovão ecoou em seguida. Grossos pingos d'água começaram a cair. Saíram correndo em direção à construção em ruínas. Foi o tempo de entrarem e desabou o temporal. O vento uivava e a chuva caía torrencialmente. Estava escuro por causa do temporal, pois ainda faltava um pouco para o anoitecer. Acenderam uma fogueira no canto mais protegido do vento. A construção tinha apenas dois cômodos e em um deles faltava parte da parede. Tiveram de se ajeitar todos no outro cômodo, que não era muito grande. A tempestade era assustadora. Estavam com medo de que as ruínas não suportassem a força do vento. Ficaram sentados próximos à fogueira e Julian começou a contar suas histórias para quebrar a tensão. Aos poucos, a tempestade abrandou. Os trovões soavam mais distantes e o vento diminuiu sua fúria. Alguns relâmpagos clareavam o céu. Mais tranquilos, trataram de preparar o jantar. Assaram os peixes na fogueira. Lá fora, a chuva ainda caía forte. Depois de comerem, ficaram conversando. Stephan falou:

– E ainda dizem que este é o Vale do Sol...

Estavam todos exaustos e logo dormiram. Tiveram um sono profundo e sem sonhos, exceto Leon. Desta vez o sonho foi diferente daqueles que costumava ter. Era a mesma escadaria, mas agora ele saía em uma grande floresta. Andava muito e via ao longe, por trás das árvores, as torres de um grande castelo. Em uma clareira ele via uma jovem muito bonita amarrada a uma árvore. Em seu rosto via o medo. Ele tentava soltá-la, mas ela pedia que fosse embora, pois corria um grande perigo. Só uma pedra poderia salvá-la. Leon não compreendia o que ela estava dizendo. Continuava tentando desamarrar a corda que a prendia. Ouvia nesse instante passos pesados vindo do interior da floresta. Então ouvia a voz de Ruddy chamando-o:

– É por aqui, venha!

No instante que conseguia desatar o nó da corda que prendia a moça, ele acordou. Suava. Pensou consigo: "Que sonho maluco! O que poderá significar? O outro sonho que tive acabou por se tornar real. E esse agora? Será uma visão?". Estava cansado demais para raciocinar. Aconchegou-se a Luna, que dormia tranquilamente. Finalmente adormeceu.

A forte chuva caiu durante toda a noite e o dia amanheceu chuvoso. Estava escuro ainda quando Luna e Leon acordaram. Leon pôs mais lenha na fogueira que estava reduzida a algumas brasas e reavivou o fogo. Contou seu sonho para Luna. Ela achou muito interessante. Teria mesmo sido um sonho ou uma visão? Todos dormiam ainda. Eles conversavam em voz baixa para não perturbá-los. Leon disse:

– É melhor descansarmos mais um pouco, não há nada que possamos fazer agora. Precisamos esperar a chuva passar.

Algum tempo depois, a chuva foi diminuindo até cessar completamente. Todos já estavam acordados e então Leon quis traçar um plano para libertar as pequenas mulheres do povo de Kim, escravizadas por Glérb. Cada um deu sua opinião sobre o que poderiam fazer. A primeira conclusão a que chegaram foi a de que as mulheres do grupo não poderiam ser vistas, uma vez que certamente terminariam escravas também. Se elas ficassem esperando ali, também seria bastante perigoso. Por fim, acharam que a melhor solução seria permanecerem todos juntos e para isso seria necessário que elas se disfarçassem de homens. A roupa que usavam era unissex, mas precisavam cuidar de detalhes. Deixaram a roupa mais solta para disfarçar os contornos do corpo, esconderam os cabelos em toucas e sujaram os rostos com lama. Os homens fizeram o mesmo para ficar semelhantes. Tomariam cuidado na maneira de andar e ficou estabelecido que apenas eles falariam. Se fosse necessário teriam de disfarçar a voz. Resolveram que se passariam por artistas andarilhos, desses que vão de lugar em lugar apresentando-se em praça pública fazendo mágicas, malabarismos e tocando músicas. Em todas as épocas e em todos os lugares do mundo havia esse tipo de espetáculo. Ali não deveria ser diferente.

Stephan e Laurence conheciam alguns truques de mágica, William sabia fazer malabarismos e Leon tocaria sua gaita. Os outros e as mulheres se manteriam o mais discretamente possível.

Saíram das ruínas e penetraram no bosque que ficava além delas. Abasteceram-se de kisats, que existiam em toda a parte.

Em um determinado ponto onde as árvores eram mais baixas, puderam avistar o castelo de Glérb fincado sobre uma colina verde, de onde dominava toda a região. Continuaram seguindo pela margem do Grande Rio que agora já não merecia esse nome. Chegaram a um trecho onde o rio era mais estreito e resolveram que atravessariam ali. Leon arremessou sua corda com um gancho na ponta para a outra margem. O gancho prendeu em uma pedra, e a outra ponta da corda foi amarrada no tronco de uma árvore. Stephan foi o primeiro a atravessar o rio segurando na corda. Um a um, todos atravessaram. Leon ficou por último. Dessamarrou a corda do tronco e amarrou à sua cintura. Do outro lado Roger, Stephan e William puxavam a corda trazendo Leon. A travessia não foi tão fácil quanto pensaram, pois havia correnteza. Continuaram a caminhada por dentro do bosque, agora do outro lado do rio.

Depois de andarem algum tempo, encontraram um velho quase morto de fome, sentado debaixo de um pé de kisats. George correu a socorrê-lo e constatou que o pobre só tinha era fome mesmo. O velho contou-lhes que era um habitante do reino. Falou que Glérb era muito cruel. Roubara-lhe as terras, escravizara sua mulher e levara-lhe os filhos para que se tornassem seus guerreiros. Deixara-o na miséria. Agora já velho e sem forças para trabalhar, vivia da caridade alheia. E ultimamente as pessoas estavam cada vez menos caridosas. Ele estava muito fraco, pois havia quase três dias não comia. Kim olhou para o velho, olhou para o pé de kisats e falou:

– Pior do que a fome é a ignorância.

George pegou alguns kisats e deu ao velho. Explicou:

– Esses pequenos frutos valem por uma refeição. Coma pelo menos três desses por dia e não precisará de mais nada.

O velho arregalou os olhos:

– Senhor, mas esses frutos são venenosos!
– Não, não são. Olhe.
E comeu um na frente dele. O velho ficou admiradíssimo. George perguntou:
– Quem lhe disse que esses frutos são venenosos?
– Ora, todo mundo sabe. Glérb, nosso rei, proibiu-nos de tocar nesses frutos por serem venenosos.
– Pois vocês não devem acreditar em tudo que seu rei diz. Veja o senhor, quase morrendo de fome debaixo do pé de uma frutinha maravilhosa que mata qualquer fome. Cabe-lhe decidir sozinho: ou acredita no que seu rei falou e morre de fome ou experimenta a fruta e volta a ter energia.
Kim comeu um para dar-lhe segurança e disse:
– Meu caro senhor, às vezes é necessário pensar pela própria cabeça e não seguir o que lhe dizem sem ao menos questionar.
Então o velho comeu as frutinhas avidamente. Em pouco tempo já tinha forças para se levantar.
– Muito obrigado, meus amigos. Devo-lhes minha vida. Posso fazer algo em troca por vocês?
Leon tomou a palavra:
– Pode sim. Somos artistas, viajamos de reino em reino fazendo apresentações ao público. Estamos acabando de chegar e gostaríamos de saber se existe algum lugar onde pudéssemos ficar, uma hospedaria ou coisa assim.
– Existe sim. Não é bem uma hospedaria, é uma taberna, mas eles alugam quartos sim. Posso levá-los até lá se quiserem. Acho que já posso andar.
George e Leon ajudaram-no a levantar. Entraram na cidade. Havia várias casas feitas de pedras. As pessoas tinham um ar taciturno. Iam e vinham como autômatas. As mulheres na rua eram raras. Na beira do rio, viram algumas lavando roupas. Leon perguntou por que quase não viam mulheres. O velho respondeu:
– Elas não têm permissão para sair à rua. Aqui as mulheres são escravas, são obrigadas a fazer tudo o que Glérb ordena. Elas não têm direito a nada. Na realidade, também os homens não passam de escravos, pois, apesar de poderem ir e vir, não podem fazer nada

sem a autorização de Glérb. Também são proibidos de se reunirem e de expressarem suas opiniões no que diz respeito ao governo do reino. Trabalham muito e ganham pouco, Glérb arrecada boa parte do que ganham a título de imposto. Quando é de sua conveniência, confisca terras e de indenização às vezes lhes poupa as vidas. O Reino de Glérb está sempre em luta com o Reino das Amazonas e por isso nossos jovens são obrigados a partir e muitas vezes não voltam.

– Ouvi dizer que há escravas pequeninas, é verdade? – perguntou-lhe Leon.

O velho respondeu:

– É verdade. Glérb invadiu as terras dos pequeninos, pois estava em busca da Fonte do Saber, porém, nada encontrando, levou as mulheres pequeninas para trabalharem na nova mina de ouro. O tamanho delas era ideal, pois os túneis são bem pequenos para evitar desmoronamento.

Kim o interrompeu:

– Quer dizer que elas estão trabalhando nessa mina?

– Sim. Se quiser posso levá-lo lá amanhã, mas é melhor ter cuidado, você é um dos pequeninos, podem querer pegá-lo.

O velho voltou-se para Leon e disse:

– É melhor esperarmos até escurecer para ir à taberna, assim seu amigo pequenino e as moças estarão mais seguros.

– O senhor tem razão – concordou Leon.

Então sentaram-se e conversaram muito. O velho queria saber de onde vinham e tiveram de inventar uma história convincente. O velho contou-lhes sobre os costumes nesse reino, que em muitos aspectos lembrava a Idade Média. Falou do mercado onde havia de tudo, como viviam as pessoas, como Glérb governava como um tirano. Disse que gostaria muito de ir embora dali. Leon falou:

– O senhor ficará conosco esta noite, pois precisaremos de sua ajuda para chegar até a mina amanhã. Depois o senhor resolve o que quer fazer.

– Podem contar comigo. Não tenho medo de Glérb, só ódio. Ele foi culpado pela morte de minha mulher que trabalhava na mina velha que desmoronou, e foi culpado pelos meus dois filhos terem ido para a batalha e lá morrido. Sou muito só e não tenho medo de mais nada. A morte não me assusta, pelo contrário, me atrai. Seria uma maneira de deixar esse mundo triste.

– Obrigado, senhor, com certeza precisaremos muito da sua ajuda.

Leon sentia que podia confiar no velho. Os outros tinham a mesma opinião.

Escureceu e saíram do bosque. Entraram na cidade deserta àquela hora. Foram até a taberna. Lá dentro, poucas pessoas espalhadas por algumas mesas bebiam vinho e conversavam. Ainda era cedo, a taberna costumava encher mais tarde. Embora as reuniões fossem proibidas, os homens se encontravam à noite para beber e falar de suas revoltas contra Glérb. Estavam sempre alertas com receio de que os homens de Glérb aparecessem, por isso quando Leon, o velho que se chamava Urien e Stephan entraram, fez-se um repentino silêncio. Logo que constataram não serem homens de Glérb, a conversa recomeçou. Os outros esperavam lá fora. Depois de arranjar os três quartos disponíveis, Leon foi chamá-los. Entraram todos juntos de modo a ocultar Kim e as garotas. A iluminação era fraca, algumas tochas acesas pendiam da parede espalhando uma claridade difusa. Passaram sem problemas e subiram as escadas que levava aos quartos. As garotas ficaram em um quarto; Leon, Kim, Urien, Julian e Estêvão ficaram em outro. O restante do grupo ficou no quarto do meio, que era o maior. Arranjaram água para se lavar e Leon pediu ao taberneiro que lhes trouxesse comida e um garrafão de vinho. Reuniram-se no quarto do meio e, depois de jantarem uma comida simples, mas que lhes parecia um banquete, sentiram-se bem melhor. Começaram então a planejar o resgate das pequeninas.

Leon propôs que atraíssem os sentinelas e os dominassem enquanto Kim e Urien levariam as pequeninas para o bosque atrás da mina. Lá permaneceriam escondidos até escurecer. Leon e William colocariam dinamite na mina para explodi-la e assim todos pensariam que não haveria sobreviventes. Logo que estivesse escuro, o velho Urien guiaria Kim e as pequeninas para fora do reino. De lá, Kim poderia voltar para casa, pois tinha um mapa.

Estêvão perguntou:

– É um bom plano, Leon, mas onde arranjará explosivos?

Leon tirou da mochila algumas bananas de dinamite e, mostrando-as, falou:

– Estes explosivos me foram confiados para o caso de uma necessidade, como para abrir uma passagem, por exemplo. Não foi necessário até agora. É hora de usá-los.

Ficaram discutindo cada detalhe do plano. Desmoronamentos em minas acontecem, se desse tudo certo pareceria um acidente. Urien deu todas as informações sobre o trabalho na mina e qual a melhor hora de pôr o plano em ação. Combinaram que alguns deles iriam ao mercado para tentar ganhar algum dinheiro. Precisavam pagar o taberneiro, comprar mantimentos e justificar sua presença no lugar. Stephan e Laurence conheciam alguns truques de mágica e se ofereceram para ir. George e Allan ficariam com as garotas na taberna. Roger, Julian e Estevão iriam ao mercado para ajudar os outros. Leon e William ficaram de encontrá-los no mercado tão logo a missão estivesse cumprida. Luna iria com eles, pois seria a "isca" para atrair os sentinelas. Iria disfarçada de homem.

Luna perguntou:

– E depois, o que faremos?

Leon respondeu:

– Vamos nos reunir aqui na taberna e sairemos quando escurecer.

Kim se aproximou de Leon:

– Para onde vocês irão?

– Preciso encontrar meu amigo Ruddy e descobrir um jeito de voltarmos para casa.

– Se quiserem vir conosco, meu povo os receberá muito bem.

– Obrigado, Kim, mas precisamos ir.

– Leon, foi muito bom ter conhecido um homem como você. Serei eternamente grato por tudo.

– Não me agradeça, Kim. Não sabemos se nosso plano dará certo.

– É claro que dará. Gostaria que aceitasse esse relógio que é um objeto de estimação para mim, como sinal de amizade e reconhecimento.

– Não é preciso, Kim. Fique com ele.

– Não, faço questão. É seu. Mais uma vez, muito obrigado e que Deus o abençoe.

Leon ficou admirado por aquele homenzinho que vivia em um mundo tão diferente falar em Deus. Aceitou o presente e retribuiu o abraço.

– Obrigado, Kim.

Voltando-se para o grupo, disse:

– É melhor que descansemos agora. Amanhã teremos um dia difícil.

Mal o dia clareou já estavam todos de pé, ansiosos por causa do plano. Repassaram tudo rapidamente e acertaram os últimos detalhes. Leon falou a Luna:

– Você não precisa ir. Será muito perigoso.

Luna encerrou a questão falando com firmeza:

– Eu quero ir.

Estevão estava cheio de ficar no quarto e prontificou-se para descer e buscar algo para comerem. Leon alertou-o para falar o estritamente necessário. Estevão aguardava o taberneiro buscar o pão quando prestou atenção na conversa de dois homens sentados em uma mesa próxima. Falavam em uma grande recompensa que Glérb oferecia a quem descobrisse onde ficava a Fonte do Saber. Glérb acreditava que, encontrando a tal fonte, conseguiria derrotar de uma vez as Amazonas. Um dos homens perguntou qual era a recompensa e o outro respondeu:

– Ouvi dizer que é muito ouro, além do segredo de um grande poder.

Estevão ouviu tudo e seus olhos brilharam ao ouvir a palavra "poder". Ouro e poder, tudo que ele queria. Por sua mente passou uma ideia. Pegou os pães e o vinho e subiu em direção aos quartos.

Enquanto comiam, Leon falou:

– Precisamos conseguir roupas como as que se usam aqui, as nossas chamam muito a atenção.

Urien ofereceu-se:

– Posso conseguir as roupas, a essa hora as lavadeiras estão à beira do rio...

Leon riu. Urien saiu e um pouco mais tarde voltava com uma trouxa de roupas.

– Acho que as lavadeiras vão gostar de ter menos roupas para lavar hoje – falou Urien, pela primeira vez mais descontraído.

Stephan acrescentou:

– Puxa, Urien! Não dava para pegar roupas já lavadas? Essas fedem a macaco.

Todos riram.

Cada um procurou passar o tempo da melhor forma possível, pois o plano só seria posto em prática à tarde. Luna colocou o diário de viagem em dia. Julian contava outra de suas histórias cheias de sabedoria e bom humor para as garotas. Leon repassava mentalmente todo o plano, não poderia falhar ou estariam perdidos. Estevão arquitetava outro plano. Precisava ter calma e esperar o momento certo para agir. Os outros apenas descansavam.

Almoçaram e se vestiram com as roupas que Urien conseguira. Stephan, Laurence, Roger, Julian e Estevão foram para o mercado. Ficaram impressionados. Ali se vendia de tudo e havia muita gente, na maioria homens. Instalaram-se em um ponto onde havia o maior número de pessoas e começaram o show de mágicas e malabarismos. Em um instante, uma pequena multidão se formou ao seu redor para assistir. O povo jogava pequenas moedas de ouro ao término de cada apresentação. Stephan brincou:

– Meus amigos, se ficarmos mais algum tempo nesse lugar, ficaremos ricos.

Na taberna, Luna terminava de se vestir e, disfarçada de homem, saiu com Leon, William, Kim e Urien. Leon deu uma lanterna para Kim, pois iria precisar à noite. Encontraram Julian, que chegava trazendo mantimentos que comprara no mercado. Julian passou um saco para Kim e disse:

– É para a viagem.

– Obrigado, amigo.

Leon perguntou por Estevão, pois o combinado era que os dois trariam os mantimentos. Julian respondeu:

– Não sei do Estevão. Pensei que já estivesse aqui. Ele separou-se de mim no mercado para fazermos as compras mais rápido e disse que viria direto para cá. Achei-o um tanto nervoso.

– Não gosto disso. Estevão é muito estranho. Julian, volte ao mercado e o procure.

– Está certo, Leon, deixarei os mantimentos no quarto e irei procurá-lo.

Urien guiou-os até a mina de ouro. Chegaram ao bosque que circundava a mina. Leon mandou que Kim e Urien ficassem escondidos atrás das árvores até ouvirem um assobio que seria o sinal. Leon, Luna e William foram cautelosamente por trás dos arbustos até uma grande pedra. Era cercada por mato alto. William e Leon ficariam ali escondidos de prontidão. Luna soltou os longos cabelos e se aproximou dos sentinelas. Quando a viram, logo foram em sua direção. Então Leon e William surgiram por trás deles e com golpes certeiros os puseram fora de ação. Arrastaram-nos para mais longe e derramaram vinho em suas bocas para que, quando acordassem, pensassem ter sido por causa da bebida a visão da moça. Deixaram a garrafa vazia ao lado deles. Leon deu um assobio e no mesmo instante Kim e Urien correram para a entrada da mina. Urien ficou do lado de fora vigiando e Kim entrou. As pequeninas não podiam acreditar no que estavam vendo. Ficaram maravilhosamente surpresas. Todas queriam falar ao mesmo tempo. Kim pediu silêncio e disse que precisavam sair dali o mais rápido possível. Depois lhes explicaria tudo. Uma delas perguntou:

– E os guardas?

– Já estão dominados. Agora vamos!

Em um instante, Kim saía da mina com as pequeninas. Elas se assustaram ao ver Urien do lado de fora.

– Não se assustem, Urien é meu amigo e está nos ajudando. Vai nos guiar. Vamos!

Urien ia à frente seguido das pequeninas, Kim vinha atrás. Entraram no bosque que circundava a mina e encontraram Leon e William, que vinham trazendo o explosivo. Kim abraçou William e Leon e disse:

– Obrigado por tudo, amigos. Nunca os esquecerei.

Leon retribuiu o abraço e disse:

– Agora vá. Não há tempo a perder.

Kim afastou-se e sumiu por trás das árvores. Leon e William colocaram o explosivo na entrada da mina e esticaram o fio do pavio até alguns metros fora dela. Acenderam-no com um isqueiro e saíram correndo. Foram o mais longe possível e se abrigaram atrás de umas pedras. Mal haviam se abaixado, ouviu-se uma grande explosão seguida de outras. A primeira explosão foi causada pela dinamite, as outras pelos gases acumulados nas profundezas da mina. Voaram pedaços de pedra para todos os lados. Alguns passaram muito próximo a Leon e William. Luna estava mais afastada por segurança, mas ficou bastante assustada com a violência da explosão. O chão tremera como em um terremoto. Chamou por Leon e William e respirou aliviada ao ouvi-los respondendo que estava tudo bem. Leon e William olharam para a mina, que agora era apenas um amontoado de pedras. Um olhou para o outro e William disse:

– Missão cumprida!

Leon discordou:

– Ainda não, meu amigo. Vamos dar o fora antes que chegue alguém.

Juntaram-se a Luna que escondia os cabelos em uma touca e correram de volta à taberna. Pelo caminho, viram gente correndo em direção à mina. Começava a escurecer. Chegaram à taberna e, enquanto Luna contava aos outros tudo o que tinha acontecido, Leon e William foram depressa ao mercado encontrar os outros. A essa hora havia pouca gente, pois logo anoiteceria e com o barulho da explosão que se ouvira a distância, muita gente correu para ver o que tinha acontecido. Facilmente encontraram os amigos, que se alegraram ao vê-los bem.

Stephan foi o primeiro a falar:

– E aí?

– Tudo certo. Depois conversaremos.

Julian chegou e disse apreensivo:

– Andei por todo o mercado e pelas redondezas e nem sinal do Estevão.

Stephan falou:

– O que será que esse cara está aprontando?

Roger opinou:
– Pode ter acontecido alguma coisa.
Stephan insistiu:
– Duvido.
Leon, muito sério, falou:
– Vamos voltar para a taberna e nos preparar para partir tão logo esteja escuro o suficiente.

Julian foi pelo caminho relembrando os últimos instantes em que vira Estevão: desde que tinham saído para ir ao mercado, ele estava muito estranho. Estava nervoso e seus olhos tinham um brilho diferente. Julian tinha percebido e perguntou:
– Está tudo bem com você, Estevão?
– Tudo certo. Só estou um pouco nervoso com esse plano do Leon – respondeu ele evasivamente.

Pegaram o dinheiro das apresentações com Roger para fazerem as compras dos mantimentos para a viagem. Então Estevão sugeriu:
– Julian, é melhor dividirmos o dinheiro e nos separarmos, assim terminaremos as compras mais depressa. Você vai nessa direção e eu vou naquela. Assim que terminarmos, nos encontraremos na taberna.

Julian ficou indeciso por alguns instantes, mas por fim concordou. Desde esse momento não voltara a vê-lo.

Depois de ter convencido Julian, Estevão tomou a direção oposta à combinada e, contornando o mercado, foi até o castelo de Glérb. Resolvera executar seu plano. Estevão era dessas pessoas a quem o poder atrai, fascina e corrompe. A riqueza de sua família nunca lhe bastou, queria sempre mais. O que ele queria era algo que só o poder dá e para isso nunca mediu o que fazia. Não lhe importava o que fosse preciso fazer, contanto que conseguisse atingir seu objetivo. Por isso estava ali: não lhe importava o destino de seus companheiros de viagem, apenas o desejo de conseguir mais poder o guiava. Veio na expedição não por amizade a Allan, mas, sim, para viver uma aventura sem consequências. Desde que ouvira a conversa daqueles homens na taberna, não pensara em outra coisa. Queria aquele ouro, e principalmente queria o segredo do tal poder, para isso entregaria a Glérb o mapa da localização da Biblioteca, a Fonte do Saber. Estava satisfeito por ter roubado o mapa de Kim enquanto ele dormia. O outro mapa de Kim não lhe interessava, uma vez que Glérb já conhecia o caminho até a terra dos pequeninos. Conseguiu ser levado à presença de Glérb, subornando alguns guardas com as moedas destinadas à compra de mantimentos. Glérb o recebeu com um ar de desconfiança:

– Quem é e o que quer? – perguntou-lhe rispidamente, olhando-o com seus olhos cruéis.

– Sou Estevão San Martin, venho de um reino muito distante. Soube que Vossa Majestade deseja encontrar a Fonte do Saber. Posso ajudá-lo, mas, naturalmente tenho meu preço.

– Qual é o seu preço?

– Nada que Vossa Majestade não me possa dar. Quero muito ouro, mas principalmente quero o segredo de um tal poder sobre o qual tenho ouvido falar.

Glérb deu uma gargalhada um tanto sinistra, que fez Estevão estremecer.

– O que lhe faz pensar que darei tal recompensa?

– Possuo um mapa feito pelo pai de Kim, o líder da terra dos pequeninos. Nesse mapa há a localização exata da Fonte do Saber, que pelo que sei é avidamente cobiçada por Vossa Majestade.

– Insolente! – gritou Glérb. – Guardas, prendam-no!

Estevão falou rápido:

– Não pense que eu seria trouxa de trazer o mapa comigo. Só eu sei onde o mapa está e, se não me der o que pedi e me deixar livre, eu morro com o segredo.

Nesse instante, ouviram a explosão da mina ao longe, mas Glérb estava tão envolvido na conversa com Estevão que apenas mandou que averiguassem o que tinha acontecido. Glérb tinha os olhos cintilando de raiva. Não gostava de sentir-se acuado.

– Muito bem. Dê-me o mapa e lhe darei o que pede.

– O mapa está na taberna com meus amigos.

– Amigos? – perguntou Glérb, desconfiado.

Estevão estremeceu e ficou pálido. Sem querer, falou demais. Não planejara envolver o grupo nisso. Começou a torcer as mãos como quem não consegue resolver-se e por fim disse:

– São companheiros de viagem. São artistas que se apresentam de reino em reino em troca de algum ouro. Eles nada sabem sobre o mapa. Apenas está guardado na minha mochila, no quarto de um deles.

Era tarde demais, pois Glérb já não o ouvia. Chamou os guardas para que o acompanhassem até a taberna e deu ordem para trazer todos os que lá estivessem à sua presença. Queria averiguar a história dele. Nesse momento, entrou correndo castelo adentro, um mensageiro trazendo a notícia da explosão da mina.

– Parece que não houve sobreviventes, majestade – falou o mensageiro, arfando da corrida.

– Que me importa saber de sobreviventes, estou preocupado com meu ouro. Essa era minha mina mais produtiva.

Glérb ficou tão furioso que saiu com o mensageiro, esquecendo-se de Estevão. Ele aproveitou a confusão e fugiu. Na verdade, o mapa estava com ele todo o tempo, mas precisava ser cauteloso. Só não contava com o fato de ter envolvido os companheiros nisso. Agora era tarde demais. "Bem, azar o deles." Foi o que pensou. Ele se esconderia até tudo se acalmar e esconderia o mapa em lugar seguro, então voltaria a negociar com Glérb. Quando Glérb descobrisse que o mapa não estava com eles, teria de recebê-lo novamente e aceitar suas condições. Assim ele fez.

Na taberna, Leon e os rapazes chegaram esbaforidos. Depois de alguns instantes para recuperar o fôlego, Leon contou a todos tudo o que acontecera e falou de seu mau pressentimento. Disse que era melhor partirem imediatamente. Allan perguntou:

– Não vamos esperar o Estevão?

Leon lhe respondeu:

– Não. Precisamos sair daqui depressa. Depois procuramos o Estevão.

Pegaram suas coisas, e as garotas colocaram as toucas para disfarçar. Quando desceram, o taberneiro mostrou-se surpreso:

– Já vão? Está muito escuro, é melhor saírem pela manhã.

Leon lhe respondeu:

– Infelizmente, não podemos. Se não nos apressarmos, não chegaremos a tempo para a apresentação no festival do reino de Boran.

– Onde fica esse reino?

– É muito distante daqui. Veja quanto lhe devo, senhor.

Leon encerrou a conversa falando a primeira coisa que lhe veio à cabeça. Pagou tudo o que devia e saíram. Deram apenas alguns passos quando os guardas de Glérb os alcançaram. Um deles gritou:

– Parem em nome de Sua Majestade!

Leon estremeceu. Sua intuição não lhe enganara. Os guardas os cercaram. O que parecia ser o líder falou:

– Sua Majestade, o rei Glérb, quer que sejam levados a sua presença.

– O que ele quer de nós? – perguntou Leon.

– Não sei lhe dizer. Logo saberá. Vamos!

Foram obrigados a segui-los até o castelo. Pelo caminho, os guardas comentavam a explosão da mina. Um dizia para o outro:

– Parece que não sobrou ninguém. O rei está furioso.

– Não sabia que ele se preocupava com as pequeninas.

– Não é com elas que ele está preocupado, é com o ouro que deixará de tirar de lá.

– Não há como reabrir a mina?

– Impossível. Agora será preciso começar tudo de novo.

O grupo ouviu tudo calado. Foram conduzidos ao castelo. Glérb, que acabava de chegar da mina, dirigiu-se ao grupo com mais dureza do que era seu costume:

– Quero o mapa da Fonte do Saber!

Leon respondeu pelo grupo:

– Não sei do que está falando.

– Não sabe, não é? Não adianta querer me enganar. Seu amigo Estevão contou-me que o mapa está com vocês.

Leon disse:

– Se existe esse mapa, só pode estar com o Estevão. Ele o enganou. Conosco não está. Então foi por isso que ele desapareceu.

Glérb disse:

– Talvez você esteja certo. De qualquer modo, quero-os ao meu alcance. Guardas, levem-os para a masmorra.

Leon protestou:

– Não pode nos prender! Não fizemos nada! Somos apenas artistas viajantes. Deixe-nos partir!

Glérb encerrou a conversa:

– Só quando tiver o mapa em minhas mãos.

Virou-se para os guardas e ordenou:

– Levem-nos para a ala oeste. Não quero que tenham contato com os outros prisioneiros.

O guarda perguntou:

– E o velho?

– Esse já não conta mais. Podem ir.

O grupo foi levado através de corredores sombrios e escadarias estreitas para um subterrâneo onde ficava a masmorra. Foram trancados dentro de uma grande cela escura. Estavam atônitos com o que acontecera. Quando os guardas foram embora levando as tochas que iluminavam fracamente a cela, tudo mergulhou em trevas. De uma pequena janela podiam ver apenas uma das três luas, cintilando fria, no céu. Ninguém tinha coragem para falar nada. Só então tomavam consciência de que estavam presos na masmorra de um velho castelo, sob o domínio de um tirano, em um outro mundo, em uma outra dimensão. Era quase irreal, parecia mais um pesadelo.

Karen não aguentou e quebrou o silêncio:

– Estevão, esse patife, traidor!

Allan acrescentou:

– Belo amigo! Se o pego, sou capaz de matá-lo!

Louise perguntou, nervosa:

– E agora, o que será de nós?

Leon, que já se refizera do choque, com a calma de quem está acostumado a ter sempre o domínio de todas as situações, mesmo as mais inusitadas, respondeu:

– Calma, Louise, para tudo existe um jeito. Encontraremos uma solução, não se preocupe. Agora, o que precisamos é nos acalmar para que possamos raciocinar com clareza.

Stephan abraçou Louise com carinho e ela procurou se acalmar. Então, surpresos, ouviram uma voz fraca que vinha de um canto da cela.

– Que admirável, meu jovem! Isso mesmo, não desanime. É preciso manter acesa a chama da esperança para que se possa iluminar o caminho. Por isso me mantenho vivo, apesar do tempo que estou aqui.

Leon iluminou o canto com sua lanterna de bolso e viu sentado no chão um velho magro e encurvado de longos cabelos e barbas brancas.

Leon se refez da surpresa e perguntou:

– Quem é o senhor?

– Meu nome é Zélius. Sou muito velho. Quando vim parar aqui, era jovem como vocês.

Diante dos olhos arregalados de alguns, o velho prosseguiu:

– Não, não estou querendo assustá-los. Vocês sairão daqui sim. Em todo esse tempo em que estou preso, tenho escavado um túnel que começa aqui embaixo disso que chamam de cama.

Levantou uns panos sujos e ali estava a boca de um túnel. Todos olharam cheios de esperança. O velho continuou:

– Este túnel vai dar fora do castelo, num lugar próximo à ala dos criados. Essa ala fica praticamente deserta em noites de festa. Ouvi os guardas conversando sobre uma grande festa no castelo, amanhã à noite. Será o momento certo para vocês fugirem.

Leon que ouvia tudo atentamente, perguntou:

– Por que o senhor já não fugiu, se o túnel está pronto?

O velho tossiu algumas vezes e depois falou:

– Meu filho, estou muito velho, fraco e doente. Não teria forças para transpor o alto muro do castelo. E para onde iria? Vocês são jovens e fortes, podem fugir. Com certeza sabem para onde ir.

Combinaram a fuga para a noite seguinte. Leon convenceu o velho a fugir com eles, disse que precisaria de sua ajuda para mostrar o caminho. O velho ainda protestou alegando que só serviria para atrapalhar, mas Leon encerrou o assunto dizendo:

– Se for necessário, nós o carregaremos.

O velho descobriu que ainda era capaz de sorrir.

A noite passou e o dia amanheceu. Procuraram descansar para estarem prontos para a fuga. Tinham kisats nos bolsos e se alimentaram com eles. O velho sentiu-se bem melhor depois de comer alguns. Enquanto esperavam pela noite, conversaram muito. Zélius queria saber tudo sobre eles. Leon lhe disse:

– É uma história difícil de acreditar.

Zélius falou:

– Não há nada que me espante mais nesse mundo, meu filho. Se soubesse de onde eu venho, acharia que fiquei louco.

Zélius contou então sua história. Qual não foi a surpresa de todos ao saberem que o avô de Zélius viera de um planeta chamado Terra. Seu avô vivera em uma comunidade onde todos viviam na mais perfeita harmonia, em uma vida simples e natural. Zélius cresceu e se tornou um rapaz curioso e aventureiro. Queria saber o que existia além das terras onde habitava. Por mais conselhos que recebesse de seu pai e dos amigos, a cada dia a vontade de conhecer novos lugares foi tomando conta dele e um dia resolveu partir.

Precisava viver seu sonho. Só não imaginava que esse sonho se tornasse um pesadelo. Desde que caíra prisioneiro de Glérb, Zélius não tinha dito mais uma palavra sequer. Queria que pensassem que era mudo, pois, se soubessem que podia falar, com certeza o obrigariam a revelar de onde vinha. E isso, eles não poderiam saber nunca, pela segurança do seu povo. Por isso se calara e vivera seu pesadelo em silêncio. Quando o desespero ameaçava dominá-lo, ele orava como aprendera com seu avô. Sua fé não permitia que a esperança morresse. Dizia para si mesmo que, enquanto houvesse uma única estrela no céu, ele não perderia a esperança de ser novamente livre.

Todos ouviam com grande admiração a narrativa do velho, que sentia dificuldade para falar, após tanto tempo de silêncio. Então foi a vez de Leon contar a sua história e foi a vez de o velho ficar admirado. Quando Leon chegou na parte das ruínas da comunidade terráquea, o velho se emocionou. Descobriu que o pai de Richard, o autor do livro sobre a comunidade, tinha sido seu amigo. Chegou a conhecer o avô de Richard, o prof. Palms. Lágrimas rolaram de seus pequenos olhos cansados ao saber que tudo tinha sido em vão. Leon tentou consolá-lo. William contou de seu parentesco com o prof. Palms e disse ao velho:

– Não há de ter sido tudo em vão, e eu sou a prova disso. Prometo-lhe que voltarei ao meu tempo e não permitirei que tudo isso aconteça.

– Meu filho, não é possível mudar a história, o que está escrito, será.

William replicou:

– Não aceito isso, pois, se fosse verdade, como explicar nossa presença aqui? Quem poderá saber realmente o que está escrito?

Pelos olhos do velho, William viu passar um brilho, um fio de esperança a que ele se agarrou. Zélius disse após alguns momentos de reflexão:

– Talvez você tenha razão, mas para que isso aconteça é preciso que você volte a seu tempo e não permita que aqueles loucos destruam o planeta. Meu pai contou-me que o que provocou o choque da Terra com aquele grande meteoro foram as explosões atômicas da Terceira Guerra Mundial. Essas explosões desviaram a Terra do seu curso normal. É preciso impedi-los!

O velho estava muito agitado. George interviu:

– Calma, meu amigo! Assim o senhor passará mal.

William fez um juramento:

– Juro que farei tudo para impedir que aconteça. Tem minha palavra.

Então o velho relaxou. Recostou-se na parede e ficou em silêncio.

George aproximou-se e o examinou. Disse:

– Deixem-no descansar agora. Foram muitas emoções e seu velho coração está fraco.

Leon e os rapazes examinaram a entrada do túnel com a ajuda de lanternas. Ouviram passos no corredor e desligaram rapidamente as lanternas. As garotas fingiram estar dormindo para não ser notadas pelos carcereiros. Apareceram dois homens trazendo água e pão. Um deles colocou a comida na cela e disse, rindo:

– Eis seu banquete de hoje. Bom apetite!

O outro homem iluminava a cela com uma tocha.

Leon respondeu:
– Obrigado.
Os dois homens se afastaram conversando alegremente. Falavam da festa que aconteceria naquela noite. As vozes foram enfraquecendo até se tornarem inaudíveis. Então, sentaram-se todos perto de Leon e analisaram com ele o plano de fuga. Stephan perguntou:
– Sairemos pelo túnel, mas como vamos escalar o muro do castelo? É muito alto.
Leon levantou-se e mostrou uma corda enrolada em sua cintura. Estava respondido. O ambiente estava menos tenso. Comeram seus últimos kisats, pois precisariam de muita energia. Procuraram descansar um pouco até chegar a hora de partir. Leon perguntou a Zélius:
– Não podemos ir agora?
Zélius respondeu:
– Ainda não. Normalmente a única refeição que faço é pão e água, mas, quando há festa no castelo, eles me trazem comida decente. Ainda não trouxeram, é sinal de que o banquete ainda não começou. Depois que trouxerem a comida poderemos partir, pois o único guarda que fica de vigia se encharca de vinho e dorme toda a noite.
Leon concordou:
– Então esperaremos.
As garotas ficaram no fundo da cela, para que quando os guardas viessem não as vissem. Esperaram mais algum tempo e então ouviram passos se aproximando. Luzes trêmulas lançavam sombras grotescas. Zélius disse baixinho:
– São eles.
Em um instante chegaram à cela. O mesmo homem que servira pão e água agora trazia uma grande cesta. Disse aos prisioneiros:
– Deram sorte, está acontecendo uma grande festa no castelo e recebemos ordens para trazer-lhes isso.
Colocou a cesta no interior da cela e saiu acompanhado pelo outro homem com a tocha. Logo que o som dos passos cessou e a escuridão ficou completa, eles se reuniram em um círculo. Zélius aconselhou:

– Comam, pois precisarão de todas as suas forças.

Pegou a comida e a dividiu entre todos. Comeram rapidamente com grande satisfação; em seguida, descobriram a abertura do túnel. Zélius foi na frente com uma lanterna na mão. Em seguida foi Leon, depois Luna; atrás vieram os outros e por último foram Roger e Julian. Seguiam de quatro, pois o túnel era estreito e baixo. O cheiro de terra impregnava tudo. Era uma sensação muito ruim estar preso ali, o medo de tudo desabar a qualquer momento, selando de vez aquela aventura, ia se infiltrando neles. Avançavam pouco a pouco, Zélius que ia à frente já estava quase desmaiando quando sentiu o ar melhorar. Agora já podia respirar mais facilmente. Continuou avançando até sentir o ar fresco vindo de encontro ao seu rosto. Seus olhos encheram-se de lágrimas. Fazia já algum tempo que terminara o túnel, mas não tinha força nem coragem para fugir sozinho. Finalmente pôs a cabeça para fora. Saiu arrastando-se, pois já estava sem forças.

Deitou-se no chão e, ao ver o céu estrelado sobre sua cabeça e sentir o cheiro do capim molhado pelo orvalho, suave como a noite, ele chorou. Leon saiu em seguida e ajudou Luna a sair do túnel. Foram saindo um a um. Deitaram-se um pouco no chão para recuperar o fôlego. Estavam fora do castelo, junto a um paredão onde ficava localizada a ala dos criados. A noite estava escura, apesar de muito estrelada. A luz tênue das três luas não iluminava quase nada. Aos poucos seus olhos foram distinguindo o vulto do muro alto que cercava todo o castelo. O velho Zélius disse baixinho:

– Não acendam as lanternas. Há vigias no alto das torres e nas guaritas em cima do muro. Façam silêncio.

Deram-se as mãos para facilitar a caminhada no escuro. Leon ia à frente, seguido por Zélius. Chegaram junto ao alto muro. Leon desenrolou a corda que estava presa em seu corpo, amarrou em uma das extremidades uma garra que tirou do bolso. Jogou a garra sobre o muro e verificou se tinha ficado bem presa. Por alguns segundos eles não ousaram respirar, pois a garra, ao tocar o muro, fizera um ruído. Esperaram um pouco, olharam em volta e continuava tudo calmo. Leon escalou o muro. Quando chegou em cima do muro, mandou que Stephan subisse também. Stephan era bem forte e o ajudaria a trazer os outros para cima. Loren foi a próxima, mas, ao chegar no meio do muro, já não tinha forças para continuar. Leon e Stephan puxaram a corda e a ajudaram a subir. Então puxaram a corda e a amarraram na cintura de Loren. Loren desceu pelo outro lado do muro com a ajuda dos dois. Recolheram a corda e a jogaram novamente para o outro lado. Então foi a vez do velho Zélius, que protestou um pouco, dizendo para deixarem-no por último. Luna o convenceu. Amarraram a corda em sua cintura e Leon e Stephan içaram o velho. Com cuidado, fizeram-no descer pelo outro lado. Loren ajudou-o desamarrando a corda. A corda voltou para o outro lado e assim essa operação repetiu-se até que todos estivessem do outro lado do muro. O último a subir foi Julian. Quando se preparava para subir, ouviu vozes se aproximando. Seu coração disparou, suava frio. Avistou um grupo de pessoas ao longe com tochas nas mãos. Julian apertou-se contra o muro na tentativa de não ser visto. Quando parecia que o grupo vinha em sua direção, subitamente mudou-a e entraram no castelo por uma porta lateral. Julian lembrou-se de que ali era a ala dos criados. Deu um suspiro de alívio e escalou o muro rapidamente. Lá em cima, Leon e Stephan viveram a mesma tensão do amigo. Quando chegou em cima do muro, Leon e Stephan deram-lhe tapinhas nas costas. Julian disse baixinho:

– Esta foi por pouco.

Julian desceu pelo outro lado, depois foi Stephan e por último foi Leon. Ao tocar o chão, Leon tentou soltar a garra e não conseguiu. Fez cinco tentativas e já ia desistir quando ela se soltou. Enrolou a corda novamente na cintura e guardou a garra no bolso. Falou ao grupo:

– Vamos andar de mãos dadas para não nos perdermos até que nos afastemos do castelo. Então poderemos acender as lanternas.

Deram-se as mãos e andaram o mais rapidamente possível naquelas condições. O velho não podia mais andar, então Leon carregou-o durante algum tempo. Chegaram a um bosque. Apressaram mais o passo. William carregava o velho substituindo Leon. Entraram no meio das árvores. O caminho era difícil naquela escuridão. Iam tateando, tropeçando em galhos e pedras. Depois de algum tempo, deram uma parada. Olharam à sua volta e estavam em uma mata fechada. Zélius examinou o lugar e disse com sua voz cansada:

– Daqui para a frente já podem acender suas lanternas. As árvores nos protegem.

Leon lembrou:

– Acenderemos apenas uma para nos guiar, pois do alto das torres se enxerga longe.

A voz do velho estava cada vez mais fraca:

– Você tem razão, meu filho. Cautela nunca é demais. Agora vamos. Vocês não podem perder mais tempo.

Leon objetou:

– Mas o senhor está exausto.

– Eu aguento. Vamos.

Stephan carregou o velho por algum tempo e assim foram se revezando até atingirem o alto de uma colina. Estavam todos exaustos. Roger ajudou o velho a deitar no chão. George aproximou-se dele. Ele estava com grande dificuldade para respirar.

Leon perguntou a George:

– O que podemos fazer por ele?

George respondeu bem sério:

– Só rezar para que não sofra mais. Não há nada que possamos fazer agora. Ele está muito fraco e a fuga foi demais para ele.

O velho tinha os olhos fechados. Abriu-os e ficou um instante quieto olhando o céu salpicado de estrelas. Depois falou com a voz baixinha e com grande esforço:

– Pensei que nunca mais veria o céu e as estrelas assim sobre minha cabeça.

Tossiu um pouco. George disse:

– É melhor o senhor não falar mais, precisa descansar agora.

O velho insistiu:

– Preciso falar. Terei muito tempo para descansar depois. Obrigado, meus amigos, eu nunca os esquecerei. Escutem com atenção.

Fez uma pausa, tossiu e continuou:

– Quero que procurem o velho da Floresta Sagrada. Ele é sábio. Poderá ensinar-lhes o caminho de volta para casa. Ele vê tudo e sabe tudo. Vão procurá-lo.

Fez outra pausa:

– Ele vive na Floresta Sagrada que fica além da grande montanha. É para lá que eu me dirigia quando caí prisioneiro. O caminho é perigoso. Tomem cuidado.

Calou-se por uns instantes. Então chamou William e fez com que ele renovasse a promessa feita na prisão. William tornou a prometer. Por fim, disse:

– Passarão por algumas provas até encontrarem o sábio da floresta. Aprendam as lições e o encontrarão. Não fiquem tristes por mim, pois é muito doce o sabor da liberdade.

Fechou os olhos e deu seu último suspiro. Todos estavam emocionados. Julian falou, tentando amenizar:

– Ele morreu feliz em liberdade.

Leon concordou:

– É verdade. Agora o melhor que podemos fazer por ele é sepultá-lo e rezar.

Fizeram uma sepultura improvisada e rezaram juntos por ele. Leon falou:

– Precisamos partir. Temos de chegar à Floresta Sagrada e encontrar o tal velho sábio. É nossa única chance.

Puseram-se a andar. Andaram até não aguentar mais. Chegaram ao sopé de uma montanha. William falou:

– Deve ser a montanha que Zélius falou.

Todos concordaram. Não estava muito escuro, sinal de que logo amanheceria. Leon falou:

– Vamos procurar um lugar mais seguro e então descansaremos. Sei que estão exaustos, mas, assim que derem pela nossa falta, virão atrás de nós. Precisamos ter alguma vantagem. Vamos fazer um esforço e tentar subir um pouco para que possamos avistar a região e observar a aproximação de alguém.

Karen reclamou que não aguentava mais. Leon foi duro com ela:

– Se prefere voltar ao calabouço, então fique aqui.

Ela não disse mais nada. Recomeçaram a andar. O dia clareou e no castelo o rei foi acordado por um visitante inesperado. Era Estevão, que vinha tentar negociar o mapa outra vez. O rei estava mal-humorado, pois dormira muito pouco por causa da festa.

– Você de novo! O que quer agora?

– Quero negociar o mapa que contém a localização da Fonte do Saber. Dou-lhe o mapa, mas em troca quero muito ouro e o segredo do poder do qual tenho ouvido falar.

Glérb pensou por uns instantes e por fim disse:
– Está bem. Dê-me o mapa.
Esticou a mão na direção de Estevão. Estevão recuou.
– O mapa não está comigo. Está guardado em local seguro. Qual a garantia de que cumprirá sua palavra?
O rei falou áspero:
– Minha palavra é a garantia. Não ouse duvidar de mim.
Estava muito irritado, mas logo em seguida baixou a voz e disse:
– Façamos o seguinte: o documento que menciona o tal segredo do poder encontra-se em outro castelo de minha propriedade, pois é lá que guardo os documentos mais importantes. Dois soldados o escoltarão até lá. Levará uma carta minha para ser apresentada ao administrador. Ele lhe entregará o documento que quer, ao mesmo tempo em que o senhor lhe entregará o mapa. Assim encerraremos a questão.

Estevão, cego pela cobiça, concordou. O rei redigiu a carta e mandou chamar dois homens para escoltá-lo. Ficou combinado que Estevão os encontraria na praça perto do mercado, pois precisava buscar o mapa primeiro. Guardou a carta do rei no bolso e saiu. Tão logo Estevão saiu, o rei mandou chamar de novo os dois guardas que o acompanhariam. Deu ordem para um deles seguir Estevão enquanto o outro aguardaria no local combinado. Quando estivessem afastados da cidade então deveriam tomar-lhe o mapa e livrarem-se dele. Assim foi feito. Estevão seguia a cavalo atrás dos dois. Cavalgaram durante um bom tempo. O dia terminava de amanhecer. Enveredaram por um caminho no meio do bosque. Ficava mais sombrio à medida que avançavam. Estevão estava com medo. Só então atinava com o que tinha feito. Era tarde demais. A mata fechava-se cada vez mais e o caminho tornava-se mais estreito. As árvores eram altas e copadas, mal deixavam passar a luz do sol. Pensou em fugir, mas um deles ia à frente e o outro, como se adivinhasse sua intenção, ficara para trás. O silêncio denunciava que algo estava para acontecer. Estava cada vez mais escuro. De repente, os dois homens o cercaram e o derrubaram do cavalo. Deram-lhe golpes violentos que o deixaram desacordado. Quando voltou a si, Estevão tinha um corte na testa e sua cabeça doía-lhe muito. Olhou à sua volta e viu imensas árvores e a mata que se fechava ao seu redor. Não viu sinal dos dois homens e nem de seu cavalo. Levantou-se cambaleante e então estremeceu. Levou a mão ao bolso à procura do mapa. Não o encontrou e nem a carta do rei. No lugar desta, havia um bilhete que dizia: "Eis o segredo do poder: o poder é a perdição do homem. Seja bem-vindo à Floresta dos Esquecidos. Em breve descobrirá o porquê". Uma névoa densa encobria pouco a pouco tudo ao seu redor. Estevão estava perdido.

Muito longe dali, na montanha, o grupo acabava de fazer uma refeição. Leon olhou atentamente lá para baixo. Não via nenhum sinal de movimento, mas pressentia o perigo e resolveu que deveriam continuar a andar, apesar de todo o cansaço. A comida deu nova força. Andaram muito e estavam com muita sede. Não havia nem um pingo d'água. Quando já não estavam aguentando mais, ouviram um som mágico. Leon exclamou:

– É água!

Correram na direção do som. Uma pequena cascata descia pelos paredões da montanha formando um lago natural. Beberam tanta água quanto podiam e encheram os cantis. Lavaram-se e descansaram um pouco à beira do lago.

Louise pensou alto:

– O que eu não daria por um bom banho.

Leon disse:

– Infelizmente, o banho terá de esperar. Não podemos perder mais tempo. Podem estar à nossa procura.

Continuaram a subir. Apesar de alta, a montanha era fácil de escalar, pois não havia paredões. Estavam com sorte, pois a essa altura não tinham mais o equipamento de alpinismo. Suas mochilas ficaram no castelo de Glérb. Com muito esforço, conseguiram chegar ao cume. Lá em cima fazia frio.

Enquanto isso acontecia, no castelo de Glérb os dois guardas voltavam da missão que lhes fora confiada. Glérb perguntou ansioso:

– E então?

Um dos homens esticou o braço, entregando-lhe um papel dobrado.

– Aqui está o mapa, majestade.

Glérb puxou o papel com ansiedade e o abriu. Por alguns segundos um sorriso de satisfação iluminou-lhe o semblante sempre duro. De repente o sorriso se apagou. No papel havia apenas uma frase: "Nunca confie em estranhos". Glérb rasgou e amassou o papel com um olhar furioso. Gritava como um louco:

– Miserável! Miserável!

Os guardas olhavam sem entender nada. O rei praguejava:

– Aquele patife nos enganou. Isso não é um mapa.

Jogando os pedaços de papel no chão, continuou:

– Onde está aquele verme? Quero acabar com ele com minhas próprias mãos.

Um dos homens disse:

– Não será necessário, majestade. De onde ele está, não sairá jamais.

O outro acrescentou:

– Deixamo-lo desacordado na Floresta do Esquecimento. Nunca ninguém voltou de lá.

Nesse instante, entrou correndo um dos carcereiros:

– Majestade! Majestade!

O homem mal podia falar.

– Os prisioneiros fugiram. Inclusive o velho. Simplesmente desapareceram.

O rei, mais furioso ainda, desceu ao calabouço a fim de verificar pessoalmente. Entrou na cela e puxando alguns trapos que serviam de cama, descobriu a entrada do túnel. O rei ficou louco de raiva, gritou, esbravejou e mandou prender os carcereiros responsáveis pelos prisioneiros. Em seguida, ordenou aos guardas que dessem uma busca pela região.

– Encontrem-nos!

No momento em que os guardas partiam em busca dos prisioneiros, estes já estavam bem longe, descendo pelo outro lado da montanha.

Allan perguntou:

– Para onde iremos agora?

Leon respondeu:

– Precisamos encontrar a Floresta Sagrada e procurar o velho sábio.

Elise perguntou:

– Como o encontraremos?

Leon respirou fundo e disse:

– Zélius mandou que seguíssemos a direção da montanha. Já a encontramos. Agora teremos que arriscar a sorte e escolher uma direção a seguir.

William interrompeu Leon:

– Meu amigo, não precisaremos depender tanto assim da sorte. Dentro da capa do livro de Richard havia também uma cópia do mapa que Estevão roubou. Aqui está.

Tirou um papel dobrado do bolso e o mostrou a Leon.

– Por que não me contou?

– Porque desconfiava de Estevão e estava certo. Depois não tive oportunidade por causa dos muitos acontecimentos. O importante é que temos o mapa.

Leon falou:

– Agora fica tudo mais fácil.

Leon fechou os olhos por alguns instantes e mentalmente agradeceu a Deus. Em seguida, os dois examinaram o mapa. William disse:

– Não está muito longe.

Leon concordou:

– Não está muito longe, mas precisamos encontrar um lugar seguro onde possamos descansar. Logo anoitecerá e nenhum de nós está em condições de andar por mais tempo.

Andaram o dia todo quase sem se alimentar e boa parte da jornada foi subindo a montanha. Estavam já sem forças. Entardecia quando avistaram, na encosta da montanha por onde desciam, uma grande fenda que formava uma caverna. Encontraram o abrigo que procuravam. Recolheram lenha pelo caminho e entraram na caverna. Acenderam uma fogueira e depois de comer o resto de pão que sobrara, deitaram no chão puro. Em um instante todos adormeceram, pois estavam exaustos. Leon, apesar do cansaço, custou a dormir; a cada crepitar mais alto da lenha no fogo, ele se sobressaltava. Afinal o sono o venceu. Acordou quando o dia já estava bem claro. Em seguida, chamou os demais que ainda dormiam profundamente.

Leon disse aos companheiros:

– Sinto muito acordá-los, sei que ainda estão cansados, mas não podemos perder mais tempo. Se eles estiverem mesmo atrás de nós, é possível que já estejam subindo a montanha.

Em um instante, todos puseram-se de pé. Recomeçaram a andar. Caminharam bastante tempo. O estômago doía-lhes de fome. Não tinham nem um só kisat para comer. Estavam ficando desanimados quando avistaram uma floresta. Leon e William consultaram o mapa. William falou:

– Será que é esta a Floresta Sagrada?

Leon respondeu:

– Algo me diz que ainda não é a floresta que procuramos. Aqui por esse mapa não dá para ter certeza, pois está um tanto apagado.

Penetraram na floresta e procuraram água e comida. Allan viu alguns frutos em uma árvore e correu para eles pensando se tratar de kisats. Roger, que vinha logo atrás dele, o impediu de levar um dos frutos à boca.

– Não coma isso! Não é kisat. Pode ser venenoso.

Mostrou a Allan as folhas de kisats, que eram bem diferentes, embora os frutos fossem muito semelhantes.

Leon disse:

– É preciso cautela, nem tudo é o que parece ser. É bom lembrarmos sempre disso.

Procuraram mais um pouco e encontraram pés de kisats verdadeiros. Saciaram a fome e sentiram-se melhor. Colheram mais frutos para levar junto. Retomaram a caminhada e em um ponto da mata descobriram uma nascente d'água. Mataram a sede e encheram os cantis. Andaram em silêncio durante um bom tempo e então Allan perguntou a Leon:

– O que você acha que aconteceu a Estevão?

Leon respondeu muito sério:

– Ele escolheu seu caminho, espero que esteja satisfeito.

A Cidade do Ouro

Ao saírem da mata fechada, depararam-se com uma cena fantástica: uma cidade toda feita de ouro, cristal e pedras preciosas. A cidade brilhava tanto com os raios de sol que nela incidiam que quase não era possível manter os olhos abertos.

Allan e Karen ficaram deslumbrados ante a maravilha que viam. Karen exclamou:

– Uma cidade de ouro!

Allan não conseguia nem falar, tal o seu assombro. De repente, não se sabe de onde surgiu uma bela jovem. Tinha os cabelos longos e dourados como o ouro. Uma tiara de pedras preciosas cingia-lhe a fronte. Trajava um longo vestido branco com uma corrente de ouro na cintura. Dos ombros saía um véu transparente que esvoaçava com a brisa. Era alta e muito bonita. Os olhos de um azul puríssimo brilhavam com um brilho estranho que não combinava com seu jeito meigo e angelical. Aproximou-se do grupo com gestos leves e elegantes e dirigiu-lhes a palavra:

– Meu nome é Derek, sou a filha de Goran, o rei da Cidade do Ouro. Quem são vocês?

Leon apresentou a si e ao grupo. Ela quis saber por que estavam ali.

– Procuramos a Floresta Sagrada.

– Vocês não devem entrar lá.

Leon perguntou o porquê. Ela respondeu com segurança:

– É muito perigosa. Vocês precisam ter cuidado. Posso ajudá-los a chegar lá se quiserem. Vamos entrar na cidade para que a conheçam e descansem. Vocês parecem cansados e famintos.

Confiem em mim. Depois que comerem e descansarem, eu os guiarei até lá, embora eu repita que é muito perigosa e vocês deveriam desistir de ir até lá.

Leon, que olhava fixamente para a moça, falou com um tom seco, muito diferente de seu normal:

– Por que quer nos ajudar? Primeiro disse que não deveríamos ir à floresta, depois pede que confiemos em você, por último diz que vai nos levar até lá. O que quer de nós?

Os outros não compreendiam por que Leon estava sendo tão rude com a delicada moça que lhes oferecia ajuda. Ela falou séria, mas ainda em um tom gentil:

– Precisam confiar em mim, jamais sairão sozinhos daqui. Decidam. Vou sair e volto daqui a pouco.

Ela sumiu por entre as árvores e então Luna perguntou:

– Por que foi tão rude com ela, Leon?

– Ela não é o que parece ser.

– O que você quer dizer com isso?

– Que não devemos confiar nela. Algo dentro de mim me diz isso. Lembra-se do que o velho Zélius disse a respeito de provas e lições?

Luna compreendeu. Os outros acreditaram em Leon, apenas Allan e Karen não concordaram. Estavam fascinados pela Cidade do Ouro. Leon disse:

– Vamos embora antes que ela volte.

Allan e Karen queriam ficar, disseram que precisavam comer e descansar e que aceitariam o convite gentil que lhes fora feito. Além do mais, adorariam conhecer a Cidade do Ouro. Leon ainda insistiu para irem embora, mas nesse meio-tempo a moça voltou. Allan e Karen insistiram tanto que Leon acabou cedendo. Acompanharam Derek até o palácio. Pelo caminho, eles ficaram boquiabertos diante de tantas maravilhas. Parecia uma cidade de sonho. Tudo era feito de ouro, prata e pedras preciosas. Aqui e ali lindos cristais pareciam brotar do chão. O palácio ficava no meio de um grande jardim e ao seu redor havia uma vegetação exuberante. Entraram no palácio e Derek os levou ao salão de banquetes. Lá, um verdadeiro banquete estava servido, esperando por eles. Derek contou a eles que era filha de Goran, o rei da Cidade do Ouro. Seu pai não se encontrava na cidade, e em sua ausência, Derek cuidava de tudo. Depois da refeição, ela pessoalmente levou-os aos seus respectivos aposentos. As moças ficaram em um grande quarto com muitas camas e tudo maravilhosamente decorado com muito veludo, cetim e rendas. Todos os móveis eram esculpidos em ouro e adornados com pedras preciosas. Os rapazes ficaram em outro quarto igualmente grande e ricamente decorado. Ela se despediu dizendo:

– Descansem e amanhã vocês podem me dar a resposta. Se quiserem, poderão ficar morando aqui. Há lugar para todos vocês. Mas, se preferirem partir, eu os guiarei até a entrada da Floresta Sagrada. Durmam bem.

Então ela retirou-se para os seus aposentos. Um pouco depois, Leon reuniu o grupo no quarto das moças.

– Vamos embora agora mesmo. Não podemos esperar até amanhecer. Assim que estiver tudo em silêncio, vamos embora.

Leon examinou o quarto e verificou que uma das janelas dava para o jardim principal, por onde entraram. Reconheceu a fonte no meio do jardim, magnificamente esculpida em cristal e apoiada em um bloco de ouro maciço. A água que jorrava sem parar formava um pequeno lago de águas cristalinas, onde peixes de um vermelho muito vivo nadavam tranquilamente. Leon voltou-se para o grupo e disse:

– Sairemos por essa janela. Não é muito alto.

Allan e Karen não queriam ir. Estavam totalmente fascinados pela beleza do lugar e pelo brilho do ouro. Apesar de todos insistirem muito para que mudassem de ideia, Allan declarou:

– Nós vamos ficar. Nosso lugar é aqui. Só um louco abandonaria um lugar desses para se aventurar em um caminho que não levará a lugar algum.

Karen concordava plenamente com Allan. Leon insistiu pela última vez:

– As coisas não são o que parecem ser. Nós estamos indo embora. Vocês têm certeza de que querem ficar?

Os dois disseram que sim e encerraram a questão. Leon ainda disse:

– Não há mais nada que eu possa fazer. Não posso obrigá-los a nos acompanhar. Adeus e boa sorte.

Então saíram pela janela como haviam combinado. A noite estava escura, mas dava para saber por onde andavam. No céu, as três luas lançavam uma tênue luminosidade. Esgueiraram-se junto ao muro e, com a ajuda da corda de Leon, conseguiram transpô-lo sem muita dificuldade. Quando já estavam longe dali, puderam respirar mais aliviados. Luna falou inconformada:

– Eles não deveriam ter ficado.

Leon disse:

– A escolha foi deles. Não podemos fazer nada. A ambição e o comodismo falaram mais alto do que o bom senso. Além disso, deixaram-se levar pelas aparências. Aquela mulher, apesar da aparência bela e frágil, tinha algo de malévolo no olhar.

William concluiu:

– Ela tinha certeza de que ficaríamos, só isso explica a ausência de guardas.

Leon ajuntou:

– Com certeza ela nos julgou iguais a Allan e Karen.

Luna apoiou:

– Vocês têm razão.

Os outros deram também sua opinião. Continuaram a andar, agora em silêncio. A noite ia alta. Deixaram bem para trás a Cidade do Ouro. Subiram e desceram uma colina e chegaram a uma região rochosa. Havia inúmeras cavernas cavadas nas rochas pela própria natureza. Resolveram acomodar-se em uma delas e descansar o resto da noite. Fizeram uma fogueira com a lenha que encontraram pelo caminho. Não estava frio, o fogo serviria para espantar animais. Não levou muito tempo para estarem todos dormindo. Quando o dia amanheceu, soprava um vento fresco fora da caverna. Levantaram-se, comeram alguns kisats e puseram-se em marcha. Ao saírem da região rochosa, deram com uma encruzilhada. Naquela parte do mapa havia um borrão de tinta.

William, muito sério, perguntou:

– E agora? Em que direção seguiremos?

Leon olhou os três caminhos com atenção. Havia três possibilidades. Era preciso fazer a escolha certa ou estariam completamente perdidos. Roger arriscou:

– Eu seguiria esse, pois me parece o melhor.

Laurence opinou:

– O da esquerda me agrada mais, pois segue a direção do vento.

Os outros não quiseram opinar. Leon ficou ainda uns instantes em silêncio e depois apontou o caminho do meio dizendo:

– Seguiremos por este.

Roger perguntou:

– Mas por que esse caminho? É o pior de todos.

Leon respondeu:

– Eu sinto que é este o caminho.

Julian apoiou Leon:

– É preciso ouvir a voz do coração. Se Leon sente que é esse o caminho, acho que devemos segui-lo.

Leon pensou: "outra lição". De repente, todos lembraram-se das palavras de Zélius e concordaram com a escolha de Leon.

A Floresta Sagrada

O caminho, que era cheio de obstáculos no início, depois ficou suave. A paisagem era bonita, com muito verde, belas árvores e arbustos floridos aqui e ali. Ao longe viram uma colina e sobre ela, uma grande pedra.

George disse:

– Não é a grande pedra do mapa?

William abriu rapidamente o mapa e constataram felizes que estavam no caminho certo. Ficaram ainda mais contentes ao avistar, logo após a tal colina da pedra, uma grande floresta. Louise exclamou:

– É a Floresta Sagrada!

Andaram durante mais algum tempo e então penetraram na floresta. A paisagem era belíssima. Havia um riacho de águas tranquilas e límpidas. Resolveram tomar um banho e descansar. Era um descanso mais do que justo. A temperatura estava bem agradável e uma brisa suave remexia as folhas das árvores. O sol brilhava por entre as copas das árvores mais altas, lançando raios dourados sobre os arbustos. A água do riacho era tão cristalina que podiam ver o fundo de pedrinhas e pequenos peixes que se escondiam no meio delas. O banho deu-lhes nova energia. Depois esticaram-se sobre as pedras que margeavam o riacho para descansar enquanto esperavam as roupas secarem. Leon e Luna sentaram-se sobre uma grande pedra e conversavam:

– O que acontecerá com Allan e Karen?

Leon respondeu:

– Quem poderá saber? Eles fizeram uma escolha baseados apenas em aparências. Espero que não se arrependam.

Longe dali, na Cidade do Ouro, as minas de pedras preciosas ganhavam dois novos trabalhadores: Allan e Karen. Ambos arrependiam-se amargamente de não terem seguido os companheiros. Agora era tarde demais. Eles dormiram em uma cama feita de ouro e tiveram sonhos de grandes riquezas, mas pela manhã a bela Derek transformou seus sonhos em um terrível pesadelo. Depois de um belo café da manhã, Derek anunciou:

– Seus amigos recusaram minha ajuda. Eles foram inteligentes. Por isso, nada fiz para tentar impedi-los de partir. Admiro muito pessoas inteligentes. Quanto a vocês, agora que estão bem descansados da viagem e estão bem alimentados e fortes, acho que já estão prontos para o trabalho.

Karen e Allan olhavam-se sem entender. Então Derek chamou alguns guardas e ordenou que levassem os dois novos escravos para o trabalho nas minas...

Na floresta onde estavam, Luna perguntava a Leon:

– E Kim, será que ele e as pequeninas chegaram até sua terra em segurança?

Leon respondeu:

– Acredito que sim. Kim é muito inteligente e experiente; além disso, levava o outro mapa.

No instante em que Leon e Luna conversavam, em um lugar muito distante dali, Kim, Urien e todo o povo pequenino trabalhavam incessantemente. Eles haviam deixado suas terras para trás, pois Glérb já as conhecia e não teriam paz. Mudaram para as colinas além do túnel onde outrora a civilização de terráqueos viveu. Aproveitaram as construções de pedra existentes. Estavam em um laborioso trabalho de consertar, limpar e arrumar, enquanto outros preparavam a terra fértil do lugar para o plantio. Várias mudas de kisats estavam no chão esperando ser plantadas, além de inúmeras outras plantas. Urien falava a Kim:

– Obrigado, meu bom amigo, pela nova oportunidade de vida que estou tendo. Não sei como lhe agradecer por ter me convidado a viver aqui com vocês. Sou um novo homem e sinto-me rejuvenescer.

Kim sorriu e disse:

– Fico contente por ter aceitado viver conosco. É, meu amigo, fizemos bem em fechar a entrada do túnel, assim Glérb nunca irá nos encontrar. Finalmente poderemos viver em paz.

Na floresta, todos preparavam-se para seguir viagem. Já estavam secos, descansados e alimentados. Encheram os cantis de água e colheram mais kisats. Caminharam durante um bom tempo e de repente as árvores foram se escasseando e saíram em um descampado. Por alguns instantes, chegaram a pensar que tinham se perdido.

Aquela ainda não era a Floresta Sagrada. Leon continuava pressentindo que estavam no caminho certo, e todos acreditavam em sua intuição. Chegaram a uma elevação rochosa, subiram-na e verificaram que havia uma ponte ligando-a a outra elevação mais adiante. Sob a ponte corria um rio cheio de pedras e com forte correnteza. Para chegar ao outro lado, bastava atravessar a ponte. O problema era que a ponte feita de cordas e madeiras podres ameaçava desabar a qualquer momento. Pararam e ficaram alguns momentos analisando a situação e procurando uma alternativa. O único jeito seria atravessar a ponte podre que balançava no ar. O rio tinha muita correnteza e procurar outro caminho significaria um risco muito grande de se perder. Leon olhou novamente para a ponte e sentiu medo. Entretanto precisava atravessá-la. Deu um beijo em Luna, ficou por alguns segundos em silêncio e aceitou o desafio. Leon precisou reunir toda a sua coragem para vencer o medo. Foi avançando aos poucos, com muito cuidado. A ponte balançava muito e as madeiras estalavam sob seus pés. Finalmente chegou ao outro lado. Todos puderam respirar novamente. Durante o percurso de Leon, eles ficaram estáticos, com os olhos fixos na ponte. Luna suspirou aliviada ao vê-lo pisar o chão firme. Leon pegou a corda que trazia e a amarrou a uma grande árvore próxima ao barranco. Na outra extremidade da corda amarrou uma pedra e a jogou para William do outro lado. William a pegou e disse:

– Primeiro as garotas. Venham. Não tenham medo. Amarrarei a corda na cintura de vocês e irão com muito cuidado. Caso a ponte ceda, a corda segurará. Por alguns segundos uma olhou para a outra e então Luna se apresentou. William amarrou a corda em sua cintura e ela foi andando devagar sobre a ponte, que balançava muito. William disse para não olhar para baixo. Luna estava gelada. Os poucos metros de comprimento da ponte pareciam não acabar nunca. Finalmente alcançou a mão de Leon, que a ajudou a pisar na terra firme. Em seguida foram as outras garotas, sempre com o mesmo suspense. Depois foram os homens mais leves. Por último foi Stephan, o mais pesado. Ele amarrou a corda na cintura e avançou devagar. O suor escorria de seu rosto. A cada passo, a madeira estalava mais. Quando estava no meio da ponte, ela cedeu e Stephan caiu. Todos gritaram. Stephan ficou preso pela corda e arranhou-se ao bater na parede do barranco. Imediatamente, Leon e os outros rapazes juntos puxaram a corda, e depois de muito esforço conseguiram puxá-lo. Stephan estava ferido, pois a corda machucou sua cintura na hora da queda e seus braços foram arranhados pelas pedras do barranco e por espinhos. Apesar disso, todos ficaram contentes por vê-lo a salvo. Louise e George imediatamente trataram dele. Limparam os ferimentos e fizeram curativos com os poucos recursos de que dispunham. Stephan, que nunca perdia o bom humor, disse:

– A ponte não aguentou meu peso, acho que não devia ter exagerado quando comi todos aqueles kisats hoje de manhã...

Louise o censurou carinhosamente:

– Não brinque, seu bobo, você quase nos matou de susto.

Passado o susto, todos respiraram fundo e resolveram enfrentar o caminho que os esperava. Leon estava calado pensando nas lições que aprendera até então: cautela, pois nem tudo é o que parece ser; ouvir a voz do coração, um sábio conselheiro, e aprender a vencer o próprio medo enfrentando-o.

Seguiram por uma trilha sinuosa e no final de uma curva finalmente avistaram as primeiras árvores da Floresta Sagrada. Leon sentiu o coração acelerar, os outros sentiam o mesmo. A esperança de voltar para casa enchia-lhes de ânimo.

Stephan não se sentia bem. Desde o acidente na ponte, o ferimento no braço parecia piorar visivelmente. George tornara a examinar e viu que o ferimento parecia ter sido causado por algum tipo de espinho venenoso; desses que crescem nos barrancos. Fez um novo curativo e lhe deu um analgésico para aliviar a dor e a febre que se insinuava. Não podia fazer mais do que isso, pois sua maleta ficara na mochila quando foram presos. Trazia consigo apenas um pequeno estojo de primeiros-socorros. George parecia preocupado. Leon quis saber o que estava acontecendo. George explicou:

– Stephan feriu-se em algum espinho venenoso e infelizmente não tenho recursos aqui comigo. Fiz o que pude: um curativo e um analgésico. Vamos torcer para que ele reaja por si. Precisamos encontrar logo o tal velho sábio. Quem sabe poderá nos ajudar. Geralmente esse tipo de gente conhece muito sobre ervas medicinais, talvez conheça um antídoto.

Louise amparava Stephan e de tempo em tempo paravam para ele descansar. A febre aumentava e Louise molhava um pano com água do cantil e colocava-lhe nas têmporas.

Penetraram na floresta. A claridade pálida da tarde lançava sombras na floresta. Andaram mais um tempo e Stephan já não aguentava mais ficar de pé. Leon e William improvisaram uma maca com galhos e os agasalhos. Assim carregaram Stephan floresta adentro. Os rapazes se revezavam constantemente, pois Stephan era muito alto e pesado. A febre continuava a subir. George deu-lhe outro antitérmico. Ele sentia dores e muito frio. Louise estava nervosa e George procurou acalmá-la:

– Vai ficar tudo bem, em breve encontraremos o tal velho sábio e ele saberá o que fazer.

Elise perguntou a Roger:

– Não há nenhuma planta que você conheça que possamos usar?

– Sinto muito, Elise. As plantas que conheço, não sei se encontraria por aqui, ainda mais com essa escuridão.

Jenniffer cercou-se deles e, muito meiga, falou:

– Não sei qual a religião de vocês, mas isso não importa, eu sugiro que a gente se una em oração e peça por Stephan.

Todos concordaram, pois não havia mais o que fazer e Stephan piorava cada vez mais. Deram as mãos e rezaram, puseram toda a sua fé nisso. Depois voltaram a caminhar, agora com o coração mais leve. Escurecia rapidamente. William ia à frente com a lanterna para iluminar o caminho. O desespero começava a rondá-los. Estava escuro e Stephan estava mal. De repente sentiram como se um milagre acontecesse: bem à sua frente viram uma luz a brilhar na escuridão como a lhes indicar o caminho que deveriam seguir. Foram nessa direção e não tinham andado muito quando, ao saírem numa clareira, avistaram o contorno de uma cabana. Em seu interior uma luz estava acesa. Era a luz que os guiava na escuridão. Apressaram o passo. O vento frio da noite remexia seus cabelos. Os rostos cansados agora sorriam. Crescia a esperança. Estavam bem próximos agora. Já podiam ver melhor a cabana de madeira. À sua volta, árvores e arbustos. Podia-se ouvir um murmúrio de água correndo, devia haver um rio por perto. Ao aproximarem-se, a porta da cabana abriu e um velho de cabelos grisalhos e uma pequena careca no centro da cabeça apareceu. Era alto e magro e vestia uma túnica marrom. Parecia um monge. Tão logo o grupo se aproximou o bastante, falou em uma voz forte e ao mesmo tempo suave:

– Por que demoraram? Estava-os esperando. Entrem. Tragam o rapaz ferido para cá.

E andou à frente deles mostrando o caminho que levava a um quarto onde uma cama de madeira simples, mas muito limpa estava encostada a uma parede.

– Ponham o rapaz aqui.

Roger e Laurence deitaram Stephan com cuidado na cama. Louise e Leon entraram no quarto. O velho olhou para Louise e disse com convicção:

– Não fique aflita, logo ele estará bem.

Louise não entendeu como ele podia saber o que sentia, mas percebeu que de alguma forma ele sabia tudo sobre eles. Sentiu-se imediatamente mais tranquila. O velho foi à cozinha e trouxe um chá fumegante em uma caneca de barro. Levou até Louise e disse:

– Faça-o beber aos poucos.

Em seguida, voltou à sala onde tinham ficado os outros.

– Por favor, sentem-se – pediu o velho gentilmente, e eles sentaram no chão, pois ali não havia nenhuma cadeira.

O velho aproximou-se deles e, apontando para o fogão de barro onde ardiam brasas e sobre o qual um grande caldeirão de ferro fumegava, enchendo o ar de um delicioso cheiro de sopa, disse:

– Fiquem tranquilos, seu amigo já está medicado e fora de perigo. Agora queiram servir-se da sopa que está sobre o fogão. Depois que estiverem alimentados, nós conversaremos.

Voltou para o quarto onde estava Stephan. Quando o velho entrou, Louise fazia com que Stephan bebesse mais um pouco do chá. Ele já estava com uma aparência bem melhor. Começava a suar, sinal de que a febre cedera. O velho disse a Leon, Louise, Roger e Laurence:

– Meus amigos, agora juntem-se a seus companheiros, há uma sopa quente à sua espera. Eu fico com Stephan. Não se preocupem, não há mais perigo. Ele estará bem.

Stephan realmente sentia-se bem, a dor desaparecera, não tinha mais febre e o machucado do braço estava com uma aparência bem melhor. Só estava um pouco cansado. Ele falou a Louise:

– Aproveite e traga um pouco de sopa para mim. Meu estômago está roncando de fome. Este chá não deu nem para o começo.

Louise sorriu aliviada ao ver que Stephan realmente estava bem. O velho sorria. Foram todos para a cozinha. Stephan queria falar, mas o velho não deixou.

– Não precisa agradecer, meu filho. Agora fique quieto e descanse. Daqui a pouco terá sua sopa.

Ajeitou o cobertor ao redor de Stephan e depois saiu do quarto. Na cozinha, depois de Louise ter garantido que Stephan estava mesmo melhor, todos se serviram da sopa. O velho trouxe pães e um garrafão de vinho que distribuiu entre eles. Louise comeu rápido e foi levar a sopa para Stephan. Ele tomou a sopa e logo adormeceu. Ao retornar à cozinha com um ar preocupado, Louise surpreendeu-se de novo quando o velho falou:

– Ele está bem. Agora só precisa descansar. Sente-se conosco.

Louise sentou-se no meio dos outros. Ali estava quentinho. As brasas no fogão aqueciam o ambiente. O velho sentou-se entre eles e se apresentou:

– Meu nome é Gorek, sou conhecido como o velho da floresta, como vocês sabem. Dizem que sou sábio, na realidade sou apenas experiente. Já vivi muito, andei pelo mundo e conheci muita coisa. Apenas procuro dividir minha experiência com os que precisam de mim e me procuram. Acredito que seja para isso que estejamos aqui.

Vivemos em busca de alguma coisa, chamamos a isso de busca do saber. Outros buscam o poder. Cada um vê o mundo através dos olhos de sua própria alma. Cada um busca algo diferente, por caminhos diferentes, no entanto o que todos buscamos é o mesmo, não importa o nome que lhe damos.

Ele suspirou e fez uma pausa. Seu rosto resplandecia em luz. Os olhos de todos estavam fixos nele como que atraídos por alguma força que dele emanava. Ouviam em silêncio. Ele voltou a falar:

– Vou lhes contar uma história. Ninguém sabe ao certo como começou ou como irá terminar, o que se sabe é a história que passou através dos tempos, de geração em geração. Às vezes essa história era contada abertamente, outras, de forma oculta, porém venceu a barreira do tempo e chegou aos dias de hoje na forma de uma lenda: "Da escuridão surgiu a luz, criou-se o positivo e o negativo, o belo e o feio, o dia e a noite, o feminino e o masculino, o bem e mal. Um não existia sem o outro e assim, o mundo vivia em harmonia. Um dia houve o desequilíbrio e a separação. O universo entrou em movimento e o bem e o mal iniciaram uma luta sem fim, espalhando-se pelo mundo. O mal está sempre à procura do poder com o qual quer dominar o bem. E o bem procura o segredo para neutralizar o mal. Em busca de tal poder já aconteceram muitas guerras e muitos crimes. Desde então, a noite segue o dia e o masculino busca o feminino, estão sempre em busca de algo que não sabem definir. Alguns poucos percebem o que seja e menos ainda são os que compreendem o segredo. Diz ainda a lenda que dos confins do mundo há um escolhido que virá no tempo certo e então o equilíbrio e a harmonia serão restabelecidos.

Assim ele terminou a narrativa e se calou. A luz que dele emanava ficou cada vez mais forte até que o brilho ofuscava tanto seus olhos que era impossível abri-los. Quando puderam fazê-lo, simplesmente a luz tinha desaparecido e o clima de encanto se quebrou. A realidade voltou nas paredes nuas da rústica cabana, no meio da Floresta Sagrada. A noite ia alta, o céu antes encoberto, agora estava limpo e as estrelas brilhavam. Leon quebrou o silêncio, perguntando:

– Senhor, como sabia que viríamos?

Ele olhou Leon nos olhos e respondeu:

– Estava escrito.

Leon insistiu:

– Não entendi.

O velho, com muita tranquilidade, disse:

– Há coisas que se entendem melhor com o coração.

Luna perguntou:

– E quem é o escolhido?

Ele respondeu:

– A seu tempo, todos nós saberemos.

Luna não insistiu. Roger e George queriam saber de que planta fora feito o chá que salvara Stephan. O velho sábio respondeu:

– O chá foi feito com as folhas dessa planta.

Pegou de cima da mesa uma planta miúda e mostrou a eles. Roger examinou-a com cuidado e depois pediu:

– Posso guardá-la comigo?

– Claro. É fácil encontrá-la nas florestas perto dos rios. Ela é um poderoso antídoto para vários tipos de veneno. Mas o que salvou mesmo seu amigo foi a fé de vocês.

Roger agradeceu e guardou cuidadosamente a planta. O velho levantou-se e pôs uma chaleira grande de ferro no fogão. Reavivou as brasas e pôs mais lenha no fogo, depois sentou-se novamente entre eles e disse:

– A gente precisa aprender a viver. Às vezes leva-se muito tempo para isso.

Leon estava ansioso e interrompeu o velho:

– Perdão, senhor, mas nós gostaríamos de voltar para casa. Poderia nos dizer como?

No mesmo instante arrependeu-se de tê-lo interrompido, pois a figura do velho impunha muito respeito, mas ele estava ansioso demais. O velho ergueu a cabeça e olhou em sua direção, mas para seu espanto não viu censura em seu rosto, e sim um ar de surpresa alegre:

– Ah! A juventude! Tinha esquecido de como a juventude é impaciente.

O velho levantou-se e preparou um chá com a água que fervia na chaleira. Serviu o chá a todos e sentou-se novamente. Bebeu seu chá com calma, parecia ter esquecido a pergunta de Leon ou pensava em uma maneira de respondê-la e ganhava tempo.

Leon insistiu:

– Por favor, não quero ser inconveniente, mas o senhor não respondeu à minha pergunta.

Ele não respondeu imediatamente. Seus olhos estavam sérios. Leon tentava interpretar a expressão de seu rosto. O velho então falou:

–Vocês já sabem como. A pergunta é onde e quando.

William compreendeu e exclamou:

– Ele tem razão, Leon! Nós sabemos como. Viemos parar aqui através de uma passagem aberta entre nossa dimensão e esta. Para voltarmos, precisamos encontrar outra passagem. Creio que tenho também a solução para a pergunta: "Quando?". Lembro-me que era lua cheia quando isso aconteceu e quando tomamos consciência de onde estávamos, verificamos que a lua também era cheia, mas não uma, eram três luas cheias e estavam completamente alinhadas. Além disso, percebi que no momento que Leon caiu, ele tocava sua gaita, e quando o restante do grupo caiu, alguém assobiava. Parece que há alguma ligação entre esse fato e a abertura da passagem. Meu avô falou algo sobre isso naquela carta que deixou. Talvez as vibrações emitidas por algumas notas musicais simultaneamente com a posição astronômica da lua seja a chave que abre a porta dimensional.

Todos o olhavam admirados. O velho disse:

–Você está certo, meu jovem. É muito inteligente e bom observador.

Leon falou:

– Muito bem, William, mas ainda nos restam duas perguntas: onde e por quê?

O velho olhou-o com curiosidade. Estava satisfeito com eles. Disse então:

– Num reino não muito distante daqui, há um coração de gelo precisando de calor. Há correntes que precisam ser quebradas. Há temores que precisam ser vencidos. Há o equilíbrio a ser restabelecido. Só então o segredo será descoberto. Só então diante de seus olhos estará o lugar, será apenas uma questão de tempo. É só o que posso lhes dizer.

William falou:

– Senhor, eu não entendi.

– Entenderá. Tudo virá a seu tempo.

Leon perguntou:

– Resta ainda a última pergunta: por quê?

– O universo precisa voltar ao equilíbrio. Apenas isso. Não posso responder mais nada. Agora descansem, meus amigos. Sua jornada ainda não acabou. Há alguma comida sobre a mesa que vocês podem levar.

Dizendo isso, ele saiu da cabana e sumiu na escuridão. Leon e William ainda foram atrás, mas nada acharam. Ele tinha desaparecido. O silêncio lá fora era quase total. Ouvia-se apenas o doce murmúrio do rio. Leon entrou e fechou a porta da cabana. William perguntou:

– O que você acha, Leon?

– Preciso pensar a respeito, amanhã conversaremos. Agora é melhor descansarmos.

Em um canto, Luna anotava os últimos acontecimentos. Louise foi ao quarto verificar como Stephan estava passando. Ele dormia tranquilamente e ela deitou-se a seu lado e dormiu.

Acordaram cheios de disposição. O mais animado era Stephan. Parecia mesmo um milagre.

– Quer dizer que perdi o melhor da festa?

Louise acabava de contar a Stephan tudo que se passara naquela noite. Stephan falou:

– Será que o velho pôs algo no chá e vocês tiveram uma alucinação?

Louise respondeu:

– Aquilo aconteceu antes de bebermos o chá.

Conversaram sobre o que se passara na noite anterior e todos ainda tinham a sensação de que algo extraordinário tinha acontecido. Pegaram os alimentos que havia sobre a mesa e deixaram a cabana. Encheram os cantis com a água do rio e seguiram por sua margem. Roger perguntou a Leon:

– Para onde iremos, Leon?

– O velho sábio disse que existia um reino não muito distante daqui. Deve ser o reino das amazonas. Pelo mapa, esse reino fica próximo à Floresta Sagrada.

Roger ainda quis saber o que fariam lá.

– Não sei, Roger, mas como o velho sábio disse: tudo a seu tempo.

Andaram o dia todo. A floresta era maior do que pensaram. Paravam de vez em quando para descansar e comer. Começava a escurecer. Ao aproximarem-se das últimas árvores da floresta, viram espantados, ao longe, uma procissão de luzes caminhando em direção a uma clareira. Curiosos, aproximaram-se com cautela. Viram então uma procissão de pessoas encapuzadas, todas vestidas de branco, cada uma levando na mão uma tocha acesa. À frente do grupo ia uma jovem de rara beleza. Trajava um vestido longo, muito branco, feito de um tecido bastante leve e esvoaçante. Na cabeça tinha uma tiara de flores miúdas e delicadas. Os cabelos, longos e claros, remexiam-se ao sabor da brisa noturna. Parecia uma noiva, exceto pelo olhar sério e triste. Ninguém a segurava, mas percebia-se que andava contra sua vontade. George ficou encantado com a figura da moça. Leon falou ao grupo:

– Quero que vocês fiquem aqui e esperem. Eu e William os seguiremos e descobriremos o que está acontecendo.

George, que ficara fascinado pela moça, falou:

– Quero ir com vocês.

Os três esgueiraram-se por detrás de arbustos e acompanharam de longe aquela estranha procissão. Andaram mais um pouco e então pararam no meio da clareira. No centro havia uma grande pedra, sobre a qual a moça sentou-se. Era muito elegante e tinha a fronte altiva, embora seus olhos não escondessem tristeza e medo. As outras pessoas encapuzadas fizeram um círculo em torno dela com as tochas erguidas. Entoaram uma espécie de cântico que parecia uma oração. De onde estavam não podiam ouvir bem, apenas algumas palavras eram trazidas pelo vento:

–... sacrifício... povo... sobrevivência...

George murmurou:

– É um sacrifício humano. Não podemos permitir.

Leon interviu:

– Espere, George. Talvez não seja isso. Tenha calma. Se for necessário, entraremos em ação.

Depois que a figura encapuzada que parecia líder terminou de falar, as outras pessoas deixaram cair pétalas de flores sobre a moça. A cena, apesar de estranha, era belíssima, parecia irreal. Uma das pessoas encapuzadas, a que parecia ser líder, aproximou-se da moça e a beijou na testa. Ao fazer esse movimento, o vento, que agora soprava mais forte, jogou o capuz para trás e eles viram surpresos que se tratava de outra mulher, tão bela quanto aquela. Os longos cabelos louros esvoaçaram e ela rapidamente recolocou o capuz. Prendeu duas tochas em uma árvore próxima à pedra de maneira que iluminasse o lugar. Em seguida se retiraram. Ela ia à frente da procissão. Aos poucos, a luz das tochas foi desaparecendo na escuridão. Voltaram o olhar para a moça que escondia o rosto entre as mãos e chorava sua sorte. Leon subitamente lembrou-se de seu último sonho e estremeceu. Chamou os companheiros e se aproximaram da moça. Ela sobressaltou-se e depois se encolheu em uma atitude de defesa. Leon disse-lhe:

– Não se assuste, não vamos machucá-la.

George acrescentou:

– Queremos ajudá-la. Por que a deixaram aqui sozinha?

Ela ainda estava assustada, mas o olhar calmo de George e suas palavras fizeram com que ela falasse:

– Este é o sacrifício ao deus dos Alimba. De tempos em tempos, uma das virgens do reino é oferecida em sacrifício a esse deus para que nosso povo possa viver em paz.

Leon perguntou:

– De que reino você está falando e quem é você?

– Meu nome é Marla e sou uma das guerreiras do Reino de Sharon. Fui a escolhida para o sacrifício.

William pensou alto:

– As Amazonas!

George quis saber o porquê do sacrifício e ela explicou:

– No Reino dos Alimbas, a cada nova geração, o rei ordena que seu sucessor tome uma das amazonas por mulher a fim de purificar sua raça. Dizem que é o seu deus que o exige.

George disse:

– Por que vocês não lutam? Não são guerreiras?

– Somos, mas eles são em grande número e são muito mais fortes. Na última luta a mãe de Sharon, nossa rainha, morreu junto a muitas guerreiras. Além disso, boa parte das nossas guerreiras estão ocupadas na luta contra Glérb, o terrível. Não sei por que estou lhes contando tudo isso, nem ao menos sei quem são.

Marla sentia que podia confiar neles apesar de serem estranhos. Leon apresentou a si e aos companheiros dizendo que vinham de muito longe e estavam à procura de um amigo desaparecido e de um caminho que os levasse de volta para casa. Ao falar o nome de Ruddy, o amigo desaparecido, Marla disse:

– Você disse Ruddy? O novo escravo de Sharon tem esse nome, quem sabe não é o seu amigo desaparecido?

Leon encheu-se de esperança. Então novamente lhe veio à mente seu sonho: a moça que salvava, o chamado de Ruddy e o perigo que se aproximava no meio da mata. Marla arregalou os olhos de repente e pediu:

– Fujam! Fujam enquanto é tempo. Eles estão vindo me buscar.

George lhe estendeu a mão e disse:

– Venha conosco. Eles não a encontrarão.

Ela, muito aflita, exclamou:

– Não! É tarde demais! Fujam!

Leon e William insistiram e ela disse:

– Se eu for com vocês, eles atacarão meu povo.

George pediu:

– Por favor, venha comigo. Nós encontraremos um jeito de salvar seu povo, prometo.

Ela concordou e fugiu com eles. O barulho do mato sendo pisado por pés fortes podia ser ouvido, indicando que o perigo se aproximava rapidamente. Eles correram o mais rápido que puderam e encontraram o resto do grupo, que os estava esperando. Leon não deu explicações, apenas mandou que todos corressem. Fugiram pelo meio do mato e era difícil correr no escuro, com galhos, cipós e arbustos pelo caminho. Marla conhecia a região e os conduziu a uma passagem secreta que começava ainda na floresta e levava até seu reino. Entraram na caverna e ficaram em absoluto silêncio, mal ousavam respirar. Ouviam apenas seu próprio coração batendo acelerado. Logo em seguida ouviram os passos pesados cada vez mais próximos. Os Alimbas pararam bem em frente à entrada da caverna, escondida no meio dos arbustos. Podiam ouvir um deles falando muito alto em uma língua estranha. Marla entendia o que eles falavam. Em seguida, ouviram os passos pesados cada vez mais distantes até que tudo ficou em silêncio novamente. Marla, muito nervosa, traduziu o que eles falaram:

– "Aquela traidora pagará caro! Atacaremos ao amanhecer! Vamos! Reúnam os guerreiros!"

Marla chorava:

– O que foi que eu fiz? Vão atacar meu reino. Sou uma traidora. Preciso me entregar a eles antes que seja tarde.

Ela ia sair da caverna quando Leon a segurou:

– Espere! Encontraremos uma solução. Deixe-me pensar um pouco.

George pegou-a pela mão e fez com que ela se sentasse. Tentou tranquilizá-la:

– Tenha calma, daremos um jeito. Respire fundo e procure descansar por alguns minutos. Ele disse que atacaria ao amanhecer, isso nos dá algumas horas.

Ela obedeceu. Leon contou aos outros o que estava acontecendo, pois até então eles nem sabiam do que estavam fugindo. Julian conhecia a cultura de diversos povos, inclusive de selvagens, e então teve uma ideia. Pediu a Marla que lhe contasse tudo o que sabia sobre esse povo. Ela contou que aquele era um povo selvagem, de costumes estranhos e comportamento cruel. Falou da crença deles em um deus que lhes ordenava tudo o que faziam. Apenas o rei tinha contato com esse deus. Os outros confiavam cegamente em seu rei.

– É como eu imaginava. Já sei o que faremos.

Julian então contou a todos o seu plano e todos concordaram. Em seguida o puseram em prática, pois não tinham muito tempo. Marla, George, Leon, Julian e William seguiram a trilha deixada pelos guerreiros Alimba, na mata. O restante do grupo ficou no esconderijo, esperando sua volta. Não era difícil seguir os Alimba, pois deixaram pelo caminho marcas de sua passagem. Leon ia à frente com uma lanterna. Depois de andarem um bom tempo pela mata, avistaram uma claridade. Desligaram a lanterna e seguiram naquela direção. Aproximaram-se e viram a aldeia dos Alimbas. Uma grande fogueira no centro da aldeia iluminava tudo ao seu redor. William murmurou:

– São índios...

Ficaram escondidos na mata, o mais próximo possível da aldeia. Viram o movimento dos guerreiros reunidos ao redor da fogueira. Eles pintavam seus corpos, preparando-se para o ataque. Marla apontou o mais alto e velho e disse:

– Aquele é o rei, e o mais jovem ao seu lado é seu filho, a quem eu estava prometida.

O rei falava alto e gesticulava muito, parecia estar dando ordens. Procuraram se aproximar mais para tentar ouvir alguma coisa. Avançaram com muita cautela. Por causa do ataque iminente, descuidaram da sua segurança e não havia um único vigia. Isso facilitou a aproximação. Podiam ouvir alguma coisa, mas Marla não conseguia entender tudo o que diziam. O vento então começou a soprar favoravelmente e, assim, as palavras ditas pelo rei puderam ser entendidas por Marla. Ele comandava os guerreiros e em seguida disse que invocaria seu deus para pedir orientação sobre o ataque. Alguns homens tocavam tambores e outros vestidos e pintados estranhamente dançavam em círculo ao redor da fogueira.

Julian disse que era chegado o momento de pôr o plano em execução. Julian se faria passar pelo deus deles. Improvisaram uma fantasia com plantas. Marla falaria baixo o que ele teria de repetir bem alto na língua dos selvagens. A ideia era fazê-los desistir do ataque ao reino de Sharon e fazer com que atacassem o reino de Glérb. Diria que os homens de Glérb haviam roubado a noiva destinada ao filho do rei e que eles deveriam resgatá-la.

Contavam que acreditassem, pois, embora muito altos e fortes, não eram muito inteligentes. O rei Alimba executava um ritual de invocação do seu deus; nesse momento, William soltou um foguete sinalizador que trazia consigo. O foguete explodiu e iluminou por alguns instantes a mata. Os Alimbas assustaram-se e puseram-se de joelhos quando viram Julian levantar-se do meio dos arbustos e falar como se fosse seu deus. Julian repetia as palavras de Marla que estava escondida próxima a ele. Ordenou que não atacassem o reino de Sharon e sim o de Glérb, que lhes roubara a noiva prometida.

Ameaçou-os caso não cumprissem suas ordens. Todos olhavam com olhos arregalados e o próprio rei perdeu a pose. William soltara um segundo foguete e, quando a escuridão voltou, Julian já tinha desaparecido. Marla perguntou como saberiam se acreditaram. Leon respondeu que bastava esperar um instante, se não viessem atrás deles era porque tinham acreditado. Esperaram um pouco e observaram.

O rei recobrou-se da surpresa e recomeçou a falar alto e a gesticular. Marla ouviu o que dizia e abriu um sorriso, dizendo:

– Deu certo! O rei está dando novas ordens. Glérb terá uma surpresa terrível.

Esperaram ainda alguns instantes e tiveram a certeza de que o plano tivera êxito. Então foram embora. Voltaram seguindo os mesmos rastros e logo chegaram ao esconderijo. O restante do grupo estava impaciente esperando por eles. Luna foi a primeira a falar ao vê-los voltando:

– E então?

Leon respondeu sorrindo:

– Tudo certo. Graças a Julian, amanhã Glérb terá uma surpresa nada agradável.

Marla agradeceu a Julian e aos outros:

– Não sei como lhes agradecer.

Leon disse:

– A melhor maneira de nos agradecer é nos levando até meu amigo Ruddy.

– Claro, eu os levarei. Só estou preocupada é com a reação de Sharon, ela não gosta de homens. No meu reino, os homens são considerados seres inferiores e trabalham como escravos. Não sei como ela os receberá. Talvez sabendo o que vocês fizeram por mim e pelo reino, ela não seja tão dura.

Leon falou, compreensivo:

– Entendo sua preocupação, mas se ela é mesmo uma grande rainha como dizem, será justa.

Marla falou apreensiva:

– Espero que você tenha razão.

Leon dirigiu-se a todo o grupo:

– É melhor descansarmos aqui mesmo e esperar o amanhecer.

As Amazonas

Amanheceu e no interior da caverna era um pouco escuro, pois a entrada ficava oculta por arbustos espessos. Marla tornou a falar com Leon sobre sua preocupação quanto à liberdade deles:

– A rainha Sharon é uma boa pessoa, mas quando se trata de homens, seu coração fica frio como gelo, especialmente depois da morte da sua mãe.

Leon arrepiou-se ao ouvir: "seu coração fica frio como gelo". Lembrou-se imediatamente das palavras do velho sábio da floresta.

Marla continuou:

– Talvez seja melhor vocês ficarem escondidos até que eu fale com ela.

Leon perguntou:

– E as garotas?

– Quanto a elas, não haverá problemas, tenho certeza de que Sharon as receberá muito bem.

Leon pensou um pouco e então falou:

– Faremos o seguinte: as garotas, eu e mais um dos rapazes iremos com você. O resto do grupo ficará aqui e aguardará notícias. Caso a gente não volte até amanhã de manhã, vocês nos procuram com cautela porque será sinal de que algo deu errado, ok? Quem quer ir comigo?

George e Julian se apresentaram. Ficou resolvido que iriam os três, mais as garotas. Marla foi na frente mostrando o caminho. No final da caverna havia várias aberturas e apenas uma dava para o túnel que os levaria ao reino de Sharon. O grupo que ficou marcou a entrada do túnel para identificá-lo.

Andaram durante algum tempo. O túnel era escuro. Aos poucos foi clareando, e então puderam sentir um ar fresco vindo lá de fora. Saíram por uma abertura em um barranco, que, como a outra, também estava encoberta pela vegetação. Era bom respirar ar puro outra vez. Olharam ao seu redor e viram muitas árvores. Estavam em um bosque. Depois de andar mais alguns metros, viram no alto de uma colina um imponente castelo com inúmeras torres. Parecia mais uma fortaleza do que uma residência. Havia uma grande muralha em toda a volta com baluartes e torretas de vigia, escurecidas pelo tempo. Tudo ao redor era muito verde, o bosque de um lado e campos cultivados do outro. A grande muralha se perdia no horizonte. De onde estavam, porém, só viam parte do castelo. Subiram a colina por um caminho secreto que só era usado em ocasiões especiais. Por esse caminho não eram vistos pelas amazonas que estavam nas torretas de vigia. Chegaram junto à grande muralha e Marla foi direto a um ponto das pedras que, ao toque das suas mãos, abriu uma passagem. Entraram e caminharam por um estreito corredor que os levou a um dos jardins do castelo. Logo estavam na presença de Sharon, que ficara muito surpresa ao ver Marla, sua melhor amiga, que julgara perdida. As duas abraçaram-se e Marla então apresentou o grupo e contou tudo o que tinha acontecido. Como eles a tinham salvo, como enganaram os Alimbas fazendo com que atacassem Glérb. Sharon gostou muito de saber disso porque estava muito apreensiva com os guerreiros de Glérb que se aproximavam pelo norte. No momento em que chegaram, Sharon estava cuidando dos últimos detalhes, pois partiria no dia seguinte. Ela própria comandaria a defesa. Sua ideia era surpreendê-los com um ataque antes que alcançassem a grande muralha ao norte do reino. Sharon sabia que guerreiros de Glérb se aproximavam, pois fora avisada. Uma de suas mensageiras, voltando de uma missão, avistou os homens de Glérb, acampados próximo ao Grande Rio. Concluiu que pretendiam novo ataque pelo norte, sua região mais vulnerável. Ordenou que todo o reino ficasse em alerta e providenciou tudo para partir no outro dia pela manhã.

Ao ser apresentada a Julian, algo aconteceu. Seus olhares se encontraram e uma emoção nunca sentida antes tomou conta dos dois.

Com dificuldade Sharon conseguiu controlar-se para não demonstrar o que sentia. Era uma mulher bela, altiva, muito inteligente, talhada mesmo para ser rainha. Era forte e decidida, suave e dura ao mesmo tempo. Sabia impor respeito com um simples olhar. Nunca se apaixonara antes. Considerava os homens seres inferiores, egoístas e mesquinhos que só prestavam para servir como escravos. Após a morte de sua mãe, esse sentimento intensificou-se. Os homens em seu reino eram escravos, mas não eram maltratados, pois, apesar do que sentia, Sharon não era cruel. Tinha um bom coração. Ao conhecer Julian, ela ficou perturbada e confusa.

Julian ficou muito impressionado com ela e um sentimento novo despertava em seu interior. Sharon dominou-se e pediu a Marla que os acompanhassem até os aposentos de hóspedes. Logo iriam descer para o almoço.

Marla aprontava-se em seu quarto quando Sharon entrou. Ela percebeu que Sharon ficara perturbada com a presença de Julian. Estranhara o fato, pois nunca a vira demonstrar qualquer sentimento em relação a um homem. Apesar de serem muito amigas, Marla não tocou nesse assunto. Perguntou a Sharon o que pretendia fazer com os hóspedes. Ela respondeu:

– As moças poderão ficar conosco se quiserem ou partir se for da sua vontade.

– E quanto aos homens?

– Os homens são homens e serão tratados como tais.

– Mas, Sharon, eles não são iguais aos outros, são diferentes, acredite em mim.

– Marla, sei o que fizeram e fico contente, mas não posso desrespeitar nossa tradição. A tradição de nossas antepassadas. Lutamos muito para chegarmos onde estamos. Farei deles escravos especiais que nos servirão aqui no castelo e não nos campos como os outros. Terão alguns privilégios pelo que fizeram por você e pelo reino.

– Mas não terão sua liberdade.

– Não quero mais falar sobre isso. Agora vamos.

Marla ficou decepcionada, embora de certa forma se sentisse feliz, pois assim George não partiria e estaria sempre perto dela. Ainda não definira que sentimento era esse, mas com certeza não era gratidão. Gratidão sentia por Leon, William e Julian, que a salvaram também. Marla estava um pouco confusa, pois até conhecer George, os homens eram todos iguais: rudes, violentos, sem graça e não muito inteligentes. Achava mesmo que nasciam para ser escravos. Precisavam deles para cuidar da terra e das plantações. Embora não tivesse uma opinião muito boa sobre eles, não gostava de vê-los maltratados e sempre intercedia por eles junto à rainha, quando algum se metia em encrenca ou tentava fugir. Sharon sempre a atendia, pois apesar de durona tinha o coração mole, e Marla para ela era quase uma irmã. Por isso, quando Marla foi escolhida por sorteio para ser a noiva do filho do rei dos Alimbas, Sharon ficou muito triste, mas não pôde fazer nada, pois era a rainha e precisava pensar no seu povo. Chegou a falar em lutar, mas Marla pediu que não sacrificasse outras por causa dela. Os Alimbas eram muito fortes e extremamente cruéis. Ao ver Marla a salvo, encheu-se de gratidão por aqueles estranhos. Sua coragem e astúcia enganando os Alimbas e livrando seu reino de mais uma luta também a agradou muito. Além de tudo, ainda havia Julian. Nunca experimentara um sentimento igual. Ele era diferente, especial. Apesar de tudo, ela era a rainha das amazonas e precisava seguir a razão, não o coração. Se os deixasse partir talvez não o visse nunca mais, como seu escravo o teria sempre por perto. Já não sabia mais o que pensar, estava muito confusa.

Quando a rainha chegou, todos já a estavam esperando. A mesa estava fartamente servida, e a um sinal seu dois jovens escravos trouxeram vinho e serviram os convidados. Durante o almoço, Marla perguntou do ataque planejado para o dia seguinte. Sharon falou de seus planos e Julian pediu para ir junto. Sharon ficou surpresa com o pedido e disse:

– Não, você é apenas um homem e os homens têm medo.

Julian olhou-a fixamente e respondeu:

– Sou apenas um homem e tenho medo, é verdade, mas sei enfrentá-lo. Tenho fé e coragem e essa é minha espada para a luta. Permita-me lutar a seu lado.

Sharon estava cada vez mais encantada com aquele estranho que aparecera de repente em sua vida. Disse então:

– Se quiser pode vir comigo. Partiremos bem cedo.

Terminaram a refeição e Marla levou-os para conhecer o castelo. Sharon retirou-se, pois tinha ainda algumas providências a tomar para o dia seguinte. Marla os levou a uma das torres de onde se via boa parte do reino. Era uma linda vista. Havia uma vasta extensão de terras cultivadas de um lado e, do outro, um belo bosque de onde eles tinham vindo. Sem dúvida Sharon devia ser uma grande rainha, mas quanto aos escravos... Leon lembrou-se de outra coisa que o velho sábio da floresta dissera: "Há correntes que precisam ser quebradas". Qual a pior corrente do que a escravidão? Sim, agora tinha certeza de que estavam no caminho certo. Tinha fé que descobririam o lugar onde estaria a porta dimensional. Era uma questão de tempo.

Continuaram o passeio, agora pelos jardins do castelo. O reino de Sharon era um pedacinho de paraíso. Tudo era belo, bem cuidado e muito bem organizado. No centro do jardim principal havia um pequeno lago cheio de peixes ornamentais. No outro lado, uma bela fonte jorrava água cristalina. Em todo canto havia muitas flores de todos os tipos e cores. Percebia-se que alguém muito inteligente e sensível cuidava de tudo aquilo. Luna não pôde deixar de exclamar:

– Que beleza! Nunca vi um lugar tão bonito!

Marla concordou:

– Nossa rainha é uma mulher extremamente sensível e de muito bom gosto.

Afastaram-se um pouco do castelo e viram uma parte das terras cultivadas. Ao longe viram alguns homens trabalhando na preparação da terra. Leon perguntou:

– Todos os homens são escravos?

Marla respondeu, um pouco envergonhada:

– Sim, mas só trabalham durante um certo tempo de suas vidas. Enquanto são crianças ficam na aldeia, onde estudam e aprendem um ofício perto de suas mães. Os pais são obrigados a trabalhar para Sharon, mas nunca lhes falta nada de essencial. Quando ficam velhos, vivem em outra aldeia próxima, onde são bem tratados pelos mais jovens.

Leon disse:

– Seria perfeito se não houvesse escravidão.

Marla defendeu-se:

– Houve um tempo em que os homens eram livres, e o que faziam? Nada de bom. Bebiam, brigavam, traíam suas mulheres e maltratavam seus filhos. Vadiavam, gastando seu tempo em jogos e planos de poder. Criavam as guerras para ver quem era mais poderoso, matavam e torturavam. Queriam fortuna e poder, não importando quantos tivessem de sofrer por isso. Um dia surgiram as amazonas e os colocaram no seu devido lugar. Então a miséria e a fome acabaram, pois a terra estava novamente sendo trabalhada e havia fartura na mesa de todos. As mulheres bem tratadas puderam instruir-se e foram ficando mais cultas e inteligentes. Os homens, sem tempo ocioso, pararam de arranjar encrenca e passaram a se comportar melhor. Grandes rainhas como Sharon e suas antepassadas fizeram o reino prosperar e todos vivem contentes, até mesmo os escravos. Poucos rebelam-se ou tentam fugir. Quando isso acontece, Sharon os ensina a se comportar. O reino vivia em paz até que Glérb começou a nos ameaçar. Primeiro foram os Alimbas e depois Glérb. A mãe de Sharon morreu em uma luta contra os Alimbas, mas vencemos e eles bateram em retirada. Agora Glérb nos ameaça novamente. Nós gostamos de tranquilidade e queremos viver em paz, mas precisamos nos defender, por isso somos guerreiras.

Leon falou:

– Compreendo, mas não é justo que todos paguem pelo erro de alguns. É impossível ser feliz sem liberdade.

Marla concordou:

– Agora eu sei o que significa liberdade. Até vocês me salvarem aquela noite, eu não fazia ideia.

Julian disse:

– A vida é liberdade.

Marla continuou:

– Agora eu compreendo, mas o que posso fazer? Sharon não pensa assim e ela é a rainha.

George perguntou diretamente:

– Ela pensa em nos escravizar?

Marla hesitou em responder, torceu as mãos nervosamente, mas por fim disse:

– Sim. Eu sinto muito. Tenho tentado convencê-la a deixá-los partir, mas ainda não consegui. Ela pretende deixá-los servir no castelo, pois sabe que são especiais e é grata pelo que fizeram. As moças são livres para ir ou ficar.

Jenniffer protestou:

– Não é justo!

Marla concordou:

– Sei que não é justo, mas estou fazendo o que é possível.

George falou:

– Sei que está fazendo o que é possível por nós e lhe agradecemos por isso.

Marla disse:

– Não me agradeça, eu é que nunca agradecerei o suficiente pelo que fizeram por mim. Eu pedirei a vocês que tenham paciência. Sharon é justa e é uma boa pessoa. Tentarei fazê-la mudar de ideia e, se não for possível, os ajudarei a fugir.

Elise falou da sua preocupação pelos que ficaram esperando na caverna e Loren disse:

– Mas se eles vierem, também serão escravos.

Leon contestou:

– Só é escravo quem quer, Loren. Eles estarão mais seguros dentro do castelo. É preciso buscá-los.

Marla ofereceu-se:

– Amanhã cedo eu vou buscá-los. Sharon partirá muito cedo e deixou vocês sob minha responsabilidade. Irei pela passagem secreta e ninguém saberá que saí.

George disse:

– Irei com você.

O reino de Sharon ficava num lugar muito bonito, cercado de verde por todos os lados. A tarde estava linda com um céu de um azul profundo e um ar puro e fresco que dava prazer de respirar. Andaram mais um pouco e Marla disse:

– Agora devemos voltar ao castelo, não tardará a escurecer.

Leon perguntou:

– E Ruddy? Você disse que nos levaria até ele.

Marla respondeu:

– Eu levei, ele está no castelo. Ele trabalha na cozinha.

Leon ficou surpreso e falou para Luna:

– Ruddy em uma cozinha? Não dá para acreditar.

Voltou-se para Marla e pediu:

– Leve-me até ele, por favor.

Marla pediu que a acompanhassem. Entraram no castelo, andaram por corredores e desceram algumas escadas. Chegaram à cozinha do castelo. Era grande, bem organizada e muito limpa. Um delicioso cheiro de comida vinha das panelas de barro sobre o fogão a lenha. As paredes eram de pedra como todo o castelo, e os móveis de madeira. Havia uma grande mesa rodeada de bancos, onde os escravos do castelo faziam as refeições. Era uma cozinha rústica, mas extremamente prática. Leon percebeu que tinha o dedo de Ruddy ali, naquelas inovações como a água canalizada que chegava à pia de pedra. Vários escravos movimentavam-se na preparação do jantar, mas não viram Ruddy entre eles. Marla perguntou por ele e responderam que fora buscar mais lenha no depósito. Marla os levou por uma porta da cozinha que dava em um grande pátio. Em um canto ficava o depósito de lenha. Marla o indicou e Leon, ansioso, adiantou-se do grupo. Chegou à porta do depósito e viu lá dentro um casal aos beijos. Mesmo de costas e vestindo roupas estranhas, Leon reconheceu seu amigo, Ruddy. Leon deu uma tossida para chamar atenção sobre sua presença. Ruddy virou-se e olhou espantado para ele. Leon exclamou:

– Bonito! Eu morrendo de preocupação e o senhor aqui no bem-bom!

Ruddy correu para abraçá-lo.

– Leon! Leon, meu amigo! Você veio mesmo! Então meus sonhos não me enganaram.

Leon disse:

– Eu também sonhava com você, amigo velho. Sonhava que me chamava e aqui estou.

Trocaram um demorado abraço e então Ruddy apresentou a moça que estava com ele.

– Esta é Lanna. Lanna, este é Leon, um grande amigo meu que veio do mesmo lugar de onde eu vim.

Lanna o cumprimentou.

– Pensei que fosse um escravo. Não estou entendendo, Ruddy.

– Meu amigo, só é escravo quem quer. Se quisesse já teria fugido, mas para que fugir se aqui encontrei tudo o que sempre busquei: uma vida tranquila, um lugar maravilhoso e alguém com quem dividir tudo isso.

Ruddy olhou para Lanna e Leon entendeu o que ele queria dizer. Leon ainda insistiu:

– Mas você é um escravo.

Ruddy falou com convicção:

– As únicas correntes que me prendem aqui são as do coração, e essas eu não quero quebrar.

Leon conduziu Ruddy e Lanna para fora do depósito e o apresentou o grupo. Lanna despediu-se, pois precisava assumir seu posto na torreta de vigia, substituindo a outra amazona que lá se encontrava. Ruddy conversou com eles por uns instantes e depois disse:

– Agora eu preciso trabalhar, depois do jantar me encontrem aqui na cozinha e conversaremos. Foi um prazer conhecê-los e sejam bem-vindos ao paraíso.

Leon e o grupo saíram da cozinha, deixando Ruddy entregue aos seus afazeres. Leon comentou com Luna:

– Ruddy está tão diferente do que era.

Luna disse:

– Ele está feliz.

– É isso o que me intriga, ele está levando uma vida tão diferente da que tinha e, no entanto, eu nunca o vi tão feliz.

Luna abraçou Leon e o beijou, dizendo:

– O amor faz milagres.

Leon concordou e retribuiu o beijo. Juntaram-se aos outros, que iam à frente com Marla. Leon aproximou-se de Julian e falou com ele:

– Julian, acho que não deveria ir com Sharon, será perigoso. Ela é uma guerreira e você é um filósofo. O que você fará em uma batalha?

– Leon, você está esquecendo que a inteligência supera a força? Tenho uma ideia.

Leon disse:

– Você e seus planos. Devo admitir que têm dado bons resultados; diga: qual é sua ideia?

Julian expôs seu plano e Leon o aprovou. Ofereceu-se para ir também. Julian disse que era melhor que ele ficasse, pois o grupo precisava de sua liderança.

Marla os acompanhou de volta aos seus aposentos e pediu que se aprontassem para o jantar. Algum tempo depois, estavam prontos, usando as roupas que lhes foram oferecidas. Leon olhou para Luna e disse:

– Você está linda!

– Obrigada, você também ficou muito bem com essas roupas.

Desceram para o salão e a grande mesa estava novamente servida. Assim que Sharon chegou, eles jantaram. Ela perguntou a Julian:

– Ainda quer vir comigo? Será muito perigoso.

Julian respondeu:

– Quero. Após o jantar, eu gostaria de lhe falar sobre uma ideia que tive.

– Está bem, depois conversaremos.

Terminado o jantar, o grupo foi à cozinha encontrar Ruddy, como haviam combinado. Julian acompanhou Sharon a outra sala para conversarem sobre o plano. Sentaram-se próximos e Julian começou:

– Creio que os Alimbas já devem estar bem próximos do reino de Glérb a essa altura. O reino dele deve estar desprotegido, já que boa parte dos seus homens está a caminho do seu reino. Terão muito trabalho para conter os selvagens. Pensei em uma forma de nos livrar-mos desse confronto e lhes dar uma chance de defesa em relação aos Alimbas. É o seguinte...

– Por que acha que acreditarão?

– Bem, eles não são muito inteligentes e é nossa única chance. O que acha?

– Espero que dê certo. E quanto a você? Sabe o quanto vai se arriscar? Por que quer fazer isso?

Julian olhou-a no fundo dos olhos e viu o brilho das estrelas que contemplara aquela noite, na aldeia de St. Louis. Pensou: "você não pertencia mesmo ao meu mundo, mas agora eu pertenço ao seu...".

Sharon viajou naquele olhar e pensava: "Onde você estava esse tempo todo? Procurei você em cada estrela que brilhava na escuridão de minhas noites solitárias...".

Nenhum dos dois ousou dizer o que estava pensando, embora seus olhos falassem por eles. O encanto se quebrou quando Nala, outra amazona, veio informá-la que estava tudo pronto e que suas ordens haviam sido cumpridas. Perguntou se ela precisava de mais alguma coisa.

– Sim, Nala, providencie um cavalo daqueles que capturamos de Glérb e apronte-o para ser montado por Julian amanhã. E, por favor, acompanhe Julian até a cozinha onde seus amigos estão reunidos. Obrigada.

Sharon cumprimentou Julian e se retirou. Nala acompanhou Julian até a cozinha. Encontrou os amigos reunidos em torno da grande mesa de madeira. Ruddy acabava de contar como tinha vindo parar ali. Ao ver Julian chegando, Ruddy falou:

– Chegou mais um convidado. Por favor, queira sentar-se conosco.

Ofereceu-lhe um lugar à mesa e serviu vinho. Fizeram um brinde ao reencontro dos amigos.

Louise estava tristonha e Luna perguntou o que havia. Ela respondeu:

– Estou preocupada com Stephan e os outros. Nós aqui com toda a mordomia e eles naquele lugar horrível sem ter o que comer. Queria estar lá com eles, ao menos saberia se estão bem.

Luna confortou-a:

– É claro que estão bem. Não têm conforto, mas pelo menos é um lugar seguro. Amanhã bem cedo, George e Marla irão buscá-los, não se preocupe.

Louise disse que gostaria de ir junto e Leon falou:

– É melhor que não. Os dois sozinhos irão mais rápido e será mais seguro. Alegre-se, até a hora do almoço seu Stephan já estará aqui.

Louise sorriu, confiava nas palavras de Leon.

Ruddy retomou a conversa:

– Estou muito contente por vocês estarem aqui. Agora é sua vez de contar como vieram parar aqui...

Leon contou tudo desde o início. Repetiu para Ruddy as palavras do velho sábio da floresta. Ruddy perguntou a Leon se ele fazia ideia do significado de tais palavras e ele respondeu:

– Creio que sim. "Em um reino não muito distante" é esse reino, o reino das amazonas. "Há um coração de gelo precisando de calor", segundo eu percebi, esse gelo já está derretendo.

Ruddy perguntou:

– De quem se trata?

Leon respondeu:

– Não posso dizer agora.

Julian foi o único que entendeu e sorriu. Leon continuou:

– "Há correntes que precisam ser quebradas", creio que se refere à escravidão ou a antigas tradições que precisam ser esquecidas. "Há temores que precisam ser vencidos", ainda não estou bem certo do que se trata. Talvez seja a coragem de romper as tradições e quebrar as correntes. "Há o equilíbrio a ser restabelecido", talvez quando tudo isso acontecer, o equilíbrio volte a ser estabelecido. Só então descobriremos o segredo que nos levará de volta ao nosso mundo. "Será apenas uma questão de tempo", acho que é mesmo uma questão de tempo. Teremos de ter paciência e esperar que as coisas aconteçam.

Julian falou:

– Você está certo, Leon.

Ruddy também concordou, mas acrescentou:

– Vocês querem mesmo voltar para aquele mundo decadente? Isso aqui é o paraíso. Eu não volto nunca mais.

Todos se olharam. Leon disse:

– Para ser sincero, eu já não sei mais se desejo voltar.

Luna concordou com Leon. Loren, porém disse:

– Eu quero voltar para casa. Acho que não me acostumaria a viver aqui. Eu gosto de agitação e isso aqui é calmo demais.

Elise deu sua opinião:

– Eu e Roger desejamos voltar, pois temos muito trabalho à nossa espera. Levaremos muitas novidades para o nosso mundo.

Julian falou, decidido:

— Eu vou ficar.

Marla estava presente na reunião e perguntou a George:

— E você?

George respondeu:

— Eu tenho uma missão a cumprir no meu mundo.

Marla ficou visivelmente desapontada. George continuou:

— Mas talvez eu não tenha que voltar.

Marla sorriu novamente.

Ruddy perguntou a Jenniffer:

— Você quer voltar?

— Acho que não. Não tenho por que voltar. Além do mais, gostei muito daqui.

Jennifer perguntou a Louise:

— E você?

— Se Stephan quiser ficar, eu ficarei.

Ruddy falou, alegre:

— Vejo que não estarei mais sozinho, alguns de meus amigos querem ficar. Fico feliz.

Leon falou:

— Só não compreendo que você aceite a ideia de ser escravo.

Ruddy sorriu e explicou:

— Meu amigo, o que é a liberdade? Para mim é um estado de espírito. É poder fazer o que gosto e viver de forma a me sentir feliz, em paz comigo e com o mundo. Eu sou feliz, então sou livre. A "escravidão" que existe aqui é um mero nome dado a acomodação dos que não sabem lutar pelo que desejam. Esses seriam escravos em qualquer lugar do tempo e do espaço. Não há pior escravidão do que a daqueles que são escravos de si mesmos, dos que não lutam por seus sonhos, dos que se acomodam e aceitam tudo sem qualquer reação. Esses serão sempre escravos, ainda que Sharon os liberte. O que fariam, para onde iriam? Não conhecem outra vida, no fundo são gratos por terem alguém que pense por eles. Sharon não trata ninguém mal, apenas cumpre a tradição das amazonas. Se eu quisesse fugir, nada me impediria e Lanna iria comigo, tenho certeza. Mas eu quero ficar porque sou feliz aqui, então sou livre.

Leon concordou:

– É verdade, Ruddy, você está com toda a razão.

George então falou:

– É tarde, amanhã eu e Marla sairemos bem cedo, acho melhor eu me recolher agora.

Os outros também resolveram descansar.

Mal o dia amanheceu e Marla e George saíam pela passagem secreta rumo ao esconderijo para buscar os companheiros. Levavam água e comida.

No esconderijo, Stephan, Laurence, Roger e William estavam impacientes. O dia amanheceu e nem sinal deles. Laurence perguntou:

– E se aconteceu alguma coisa?

William respondeu:

– Tenha calma, Laurence. Leon pediu que esperássemos até a metade do dia. Ainda é cedo, talvez já estejam a caminho.

Roger falou:

– Vamos esperar mais um pouco.

Stephan concordou.

Nesse momento, George e Marla estavam a caminho. Desceram a colina e saíram na entrada do bosque. Até então haviam trocado poucas palavras, estavam constrangidos por estarem sozinhos e principalmente pelo que sentiam um pelo outro. Marla tropeçou em uma pedra e George, que estava bem próximo, conseguiu ampará-la. Ao tê-la assim em seus braços, ele não resistiu e a beijou. Foi um longo beijo. Marla recuperou-se da surpresa e se afastou dizendo:

– Não faça mais isso. Não tem sentido. Logo você irá embora e nunca mais o verei.

– Quem lhe disse que vou embora?

– Você não vai querer ser um escravo e além do mais tem uma missão a cumprir, você mesmo disse.

– Eu já sou escravo do meu coração e do que ele sente por você. E essa é a corrente mais poderosa que pode prender alguém. Se me quiser, não sairei nunca mais do seu lado.

– E o seu mundo?

– Meu mundo agora é o seu.

– E a sua missão?

– Cumprirei minha missão sem que precise sair daqui, basta que entregue aos cuidados de quem voltar algo que preciso enviar ao meu mundo. Quer que eu fique?

Marla respondeu com um longo beijo. Então lembraram-se da sua missão e andaram rapidamente em direção ao esconderijo. Os rapazes estavam muito ansiosos e foi com grande alegria que ouviram a voz de George chamando-os. George abraçou os amigos e contou que estava tudo bem. Marla entregou-lhes um cesto com água e comida que devoraram famintos. Logo depois saíram da caverna. Pelo caminho, George, que ia de mãos dadas com Marla, foi contando tudo o que tinha acontecido, só não falou sobre a escravidão porque temeu pela reação deles. Tudo se ajeitaria a seu tempo. Ruddy tinha razão quanto a isso.

Chegaram ao castelo e Marla os conduziu ao encontro do restante do grupo. Foi uma festa o reencontro. Nala recebeu os novos visitantes em nome da rainha, pois na ausência dela e de Marla, era a responsável pelo castelo. Foram muito bem recebidos, pois Sharon deixara ordens para que fossem tratados como hóspedes até que decidisse seu futuro. William e Nala imediatamente se enamoraram e desde então não se desgrudaram mais. Quando reuniram-se para o almoço, Leon pediu a Marla, que permitisse que Ruddy e Lanna lhes fizessem companhia. Marla, que agora substituía Sharon juntamente com Nala, concordou e mandou que chamassem os dois. Quando voltaram, estava com eles um outro homem que Ruddy apresentou:

– Este é um grande amigo meu, Lambert. Vocês devem ter ouvido falar no engenheiro Irving Lambert que desapareceu misteriosamente na Montanha Azul. Foi investigando seu desaparecimento que eu vim parar aqui.

Todos foram apresentados e Jenniffer simpatizou muito com Lambert. Ele lembrava-lhe o noivo que perdera em um acidente. Lambert era muito querido pela rainha, assim como Ruddy, pois desde que chegaram muitas novidades surgiram no castelo, como a água encanada, por exemplo. Sharon gostava de novidades e de pessoas inteligentes, por isso Ruddy e Lambert eram tratados de forma muito especial. O almoço transcorreu em um clima de alegria fraterna. Leon estava um pouco calado e Luna perguntou:

– O que houve, Leon? Você estava tão alegre e de repente se calou.

– Estou pensando em Julian. É um homem muito corajoso. Não quis que eu fosse junto. Estou preocupado. Será que seu plano dará certo?

– Tenho certeza de que sim, Julian é muito determinado. Rezarei para que tudo termine bem e eles voltem a salvo. Lembra-se de quando Stephan estava ferido? O velho sábio disse que nossa fé foi o fator principal na sua cura. Se acreditarmos no sucesso do seu plano e orarmos por eles, isto acontecerá.

– Você está certa, Luna.

Lambert levou o grupo para ver as novidades que ele e Ruddy trouxeram para o castelo, tornando-o mais confortável.

Longe dali, Sharon, Julian, inúmeras amazonas e muitos escravos, todos montados em belos cavalos, seguiam em direção à fortaleza nas grandes muralhas ao norte. Saíram muito cedo, o dia ainda nem estava claro. Sharon comandava as guerreiras, que eram exímias amazonas, por isso o nome com que eram conhecidas. Sharon fez com que ocupassem posições estratégicas. No alto de uma colina ficaram duas amazonas de vigia, atentas para o caso do plano de Julian falhar. Os escravos carregavam armas e mantimentos. Todos se movimentavam muito. Sharon passou o comando para Ariel, sua guerreira mais experiente, e seguiu com Julian para pôr o plano em ação. Subiram a colina e não avistaram nem sinal dos homens de Glérb. Isso era bom, pois teriam mais tempo para se preparar. Sharon deu as últimas ordens e foi com Julian ao encontro do inimigo. Forçaram os cavalos a galopar a toda a velocidade e rapidamente alcançaram a floresta próxima, contornaram-na e subiram um pequeno monte. Lá do alto podiam ver a uma grande distância. Avistaram os homens de Glérb acampados à beira de um rio. Não havia movimento, deveriam estar dormindo, pois era muito cedo ainda. Eles não poderiam nem sequer imaginar que naquele momento Sharon os observava. Tanta tranquilidade fez concluir que eles não tinham pressa, uma vez que certamente tinham a vitória como certa. Julian e Sharon desceram dos cavalos para que os animais pudessem descansar da corrida. Sentaram-se no chão, num lugar de onde podiam continuar observando os movimentos do inimigo. Conversaram muito e parecia que se conheciam há muito tempo. Naquele momento, ela não era a rainha e nem ele um estranho. De repente, sua atenção voltou-se para o acampamento. Os homens preparavam-se para partir. Montaram seus cavalos e desceram o monte, esconderam-se entre as árvores que contornava o caminho por onde teriam de passar. Julian vestia as roupas que Urien roubara das lavadeiras no reino de Glérb e montava um cavalo de lá. Ficaram escondidos esperando até que eles passaram. O próprio Glérb vinha à frente comandando seus homens. Logo que eles sumiram na primeira curva do caminho, Julian aprontou-se. Sharon disse-lhe:

– Boa sorte, Julian!

Ele partiu a galope atrás de Glérb. Corria feito um louco e em um instante alcançou-os. Julian fez-se passar por um mensageiro do reino. Gritava chamando por Glérb. Reconheceram que era um dos seus pelas roupas e pelo cavalo e deixaram-no passar. Ele alcançou o rei e gritava:

– O reino corre perigo!

Glérb falou, rude:

– Fale devagar, homem, não estou entendendo nada.

Julian explicou que o reino estava ameaçado. Os Alimbas preparavam-se para atacá-los. Como boa parte de seus melhores homens estavam fora, a derrota seria fácil. Glérb surpreendeu-se com a notícia e mandou que todos dessem meia-volta. O ataque ao reino das amazonas poderia esperar. Precisava agora defender seu próprio reino. Na confusão, os homens partiram e Julian ficou para trás. Escondeu-se no meio das árvores até que eles sumiram de vista. Saiu de lá e foi ao encontro de Sharon. Estava feliz porque o plano deu certo. Quando aproximou-se de onde Sharon o esperava, ela veio ao seu encontro. Atrás dela vinha um dos homens de Glérb, que desconfiara de Julian e ficara para conferir. Julian gritou, alertando-a. Ela conseguiu esquivar-se do primeiro ataque. Julian partiu para cima do homem, que atirou uma flecha acertando-o no peito, fazendo com que caísse do cavalo. Sharon imediatamente revidou e feriu o agressor mortalmente com outra flechada. Ela desceu do cavalo e foi socorrer Julian, que estava desacordado no chão. Estava desesperada pensando que ele estivesse morrendo. Nesse instante, esqueceu todas as tradições e quebrou todas as correntes, deixando o amor que sentia aflorar sem receio. Julian acordou e por alguns segundos imaginou que estava no céu. Trocaram um longo beijo. A flecha que o atingira não fez mais do que rasgar a roupa que usava. Aquela pequena pedra que encontrara nas águas da cachoeira e que guardara de lembrança, no início de suas aventuras, misteriosamente salvara sua vida. A flecha que devia acertar seu coração acertou a pedra. O desmaio foi causado pela pancada ao cair do cavalo. Fora uma dor de cabeça e um arranhão no peito, ele saiu ileso de mais essa aventura. Sharon ficou duplamente surpresa com o acontecido, pois a pedra que salvara a vida de Julian era igual à pedra que ela trazia como pingente em um grosso cordão de ouro, sob a túnica que usava. Ela quis saber onde a encontrara e Julian contou. Sharon falou:

– Então é mesmo você. Meu coração não me enganou.

– Não estou entendendo.

– Há uma lenda antiga entre as amazonas, segundo a qual, um dia, um escolhido virá de um lugar longínquo e com a força do seu amor e sua sabedoria, fará o equilíbrio do universo ser restabelecido. Então não haverá mais ódio, nem guerras, nem escravidão, nem diferenças. O mundo será bom e justo. A paz voltará a reinar e todos serão felizes. Você tem a outra pedra, esse era o sinal. Você é o escolhido.

No mesmo instante, Julian lembrou-se da lenda que o velho sábio da floresta contou. Ele sabia o tempo todo, mas não disse nada. Tudo a seu tempo. Era verdade. Abraçaram-se emocionados. Julian perguntou:

– Então não temos mais o que temer? Acabaram-se as guerras?

– Ainda não, para que isso aconteça é preciso que eu liberte meus escravos e que as pedras sejam recolocadas em seu devido lugar.

– Onde?

– Na escultura de pedra em frente à grande cachoeira. As pedras são seus olhos, os olhos do mundo. Sem eles não se via nada e o mundo vivia na escuridão. Agora a luz voltará para iluminar os caminhos.

– O que estamos esperando? Vamos logo recolocar as pedras.

– Não pode ser assim, Julian, é preciso todo um ritual.

– Então vamos providenciar.

Montaram em seus cavalos e voltaram. Reuniram todos na fortaleza e regressaram ao castelo. Ao chegar, mandou convocar todos os seus súditos, inclusive os escravos, porque tinha uma comunicação importante a fazer. Todos perceberam que algo de extraordinário acontecera.

Sharon contou que não houvera batalha e que nunca mais haveria. A partir daquele momento não haveria mais escravos e todos estavam livres para partir se quisessem. Porém, todos amavam a rainha e nenhum deles queria partir, disseram que queriam continuar trabalhando para ela. Isso a deixou muito contente. Sharon comunicou que agora teriam também um rei e apresentou Julian. Julian falou baixinho em seu ouvido:

– Isso é um pedido de casamento?

Sharon respondeu com outra pergunta:

– O que é casamento?

Julian sorriu e disse:

– Depois eu lhe explico.

Os amigos de Julian abraçaram-no e fizeram muita festa. Sharon mandou avisar a todos que, tão logo as pedras voltassem a seus lugares, haveria uma grande festa no castelo e todos estavam convidados. Sharon chamou Marla e Nala e pediu que providenciassem tudo para a cerimônia. Ao entardecer, um longo cortejo seguia em direção à grande cachoeira. Todos levavam tochas acesas nas mãos iluminando o caminho. Sharon e Julian iam à frente, seguidos pelos companheiros de Julian, as amazonas e o resto do povo. O lugar era encantador. A vegetação exuberante só perdia em beleza para a grande cachoeira. As amazonas se adiantaram do grupo e fizeram um longo corredor iluminado pelas tochas para que Sharon e seus amigos passassem. Algumas delas tocavam uma melodia muito suave em instrumentos estranhos. Julian e Sharon, cada um com uma pedra na mão, aproximaram-se da escultura e colocaram-nas em seu devido lugar. A escultura ficava bem em frente à cachoeira. Nesse instante, um clarão pôde ser observado acima da cachoeira. Uma sensação de paz invadiu a todos. As três luas cheias brilhavam alinhadas no céu. Ao mesmo tempo, Julian, Leon, William e Luna estremeceram, as palavras do velho sábio vieram à sua mente: "Só então diante de seus olhos estará o lugar". Sim, era aquele o lugar. Estavam muito próximos de poder voltar para casa, mas de repente voltar para casa deixou de ter importância. Sentiam-se felizes ali, para que voltar? Leon lembrou que alguns membros do grupo desejavam voltar e ele era responsável por todos.

Sharon disse, após terem colocado as pedras no lugar:

– Aqui estamos para cumprir nosso destino que pelo amor nos uniu e pelo amor e para o amor unirá a todos nós, pois o equilíbrio foi restabelecido e a harmonia não terá mais fim.

Ela e Julian beijaram-se e em seguida voltaram para o castelo. Pelo caminho, Julian foi lhe contando sobre a porta dimensional e sobre a descoberta que fez. Sharon receou que Julian quisesse partir, mas ele lhe garantiu que ficaria a seu lado, pois aquele era o seu mundo agora.

Durante a festa no castelo, que durou a noite toda, Leon reuniu-se com os companheiros. Queria saber quem desejava voltar para casa. Assim que o dia clareasse eles voltariam à cachoeira. Loren, Laurence, Roger, Elise e William eram os que voltariam. William tinha o coração apertado, pois não queria separar-se de Nala, por quem estava muito apaixonado, mas ao mesmo tempo tinha uma missão muito importante a cumprir e uma promessa para honrar. Precisava partir, ainda que precisasse deixar o amor da sua vida ali. Nala estava muito triste, mas compreendia que ele precisava ir. Entregou-lhe um delicado cordão de ouro e pediu que nunca a esquecesse. William prometeu que cumpriria sua missão e voltaria assim que pudesse. Agora já descobrira o mistério, sabia como voltar. Isso a confortou. Passaram o resto da noite juntos em uma doce despedida.

Amanheceu e todos estavam prontos. Luna entregou a Loren as anotações sobre a viagem e autorizou-a a publicá-las em seu nome.

George confiou a William uma missão muito especial, a de entregar suas descobertas a um médico e pesquisador, grande amigo seu, para que as revelasse ao mundo e assim salvasse muitas vidas. Laurence partia levando o pouco material fotográfico que conseguira salvar, mas que com certeza compensaria toda a aventura. Os filmes e as fotos mais extraordinárias infelizmente foram perdidos. Roger e Elise voltavam felizes com todas as novidades que traziam. Sharon e Julian ficaram no castelo com Nala, que não queria ver William partir. Eles ainda não sabiam, mas William deixara nela bem mais do que saudades. Quando ele voltasse, teria uma grande surpresa: Nala esperava um filho seu.

Os outros acompanharam os que iriam partir até a grande cachoeira. Chegaram lá e se despediram. Leon disse a William:

– Estaremos esperando você, companheiro, não demore.

– Voltarei logo. Cuidem de Nala por mim.

Luna afirmou:

– Fique tranquilo, nós cuidaremos dela.

Luna despediu-se de Loren e Laurence:

– Tenham juízo e deem lembranças minhas ao velho sr. Duncan. Podem lhe dizer que estou de férias permanentes.

Eles riram. Leon perguntou a Ruddy, que estava de mãos dadas com sua Lanna:

– Não mudou de ideia, Ruddy?

– Levarei a turma até a caverna e volto para o meu paraíso.

Terminaram as despedidas e o grupo seguiu Ruddy e Lanna, que conheciam a entrada da caverna que ficava oculta sob a cachoeira. Ficaram abraçados acenando para os amigos: Leon e Luna, George e Marla, Stephan e Louise e Jenniffer e Lambert, o mais novo casal de namorados.

A paisagem era deslumbrante. A grande queda d'água produzia um som mágico. Uma névoa pairava no ar e um belo arco-íris se formara.

De onde Luna e Leon estavam não dava para ver a passagem por baixo da queda d'água. Havia um caminho que seguia rente às pedras e que dava direto na entrada da caverna por baixo da queda d'água. Ruddy e Lanna guiavam o grupo que agora voltava para casa através do caminho secreto sob a cachoeira.

Leon abraçou Luna mais apertado e a beijou.

– Leon, afinal, qual era o grande segredo?

– Você está diante dele, Luna. O grande segredo é o amor. Nós já o tínhamos descoberto naquela noite, na montanha.

Olharam felizes à sua volta. Havia um mundo novo à sua espera.

Fim